VARNHOLT · DIE PENTHOUSE-PARTY

Ernst Varnholt

Die Penthouse Party

Roman

K. Fischer | Aachen

1

Ruhig und geräuscharm rollte der schwere Wagen über die fast leere Autobahn. Der Fahrer hatte, wie üblich, den Geschwindigkeitsautomaten auf 130 Stundenkilometer eingestellt – zehn Kilometer über dem landesüblichen Limit.

Diese leichte Übertretung lag ja noch fast im Toleranzbereich, dachte er. Außerdem wurden die Geschwindigkeitskontrollen im ganzen Land eher lasch betrieben – in den ländlichen Gegenden eigentlich nie. Manchmal, in der Nähe großer Städte, wurde die Autobahnpolizei allerdings richtig rabiat und verhängte schon wegen geringer Übertretungen drakonische Geldbußen. So war es Herbert vor kurzem in der Nähe der Hauptstadt ergangen. Dort war er mit nur 15 km Übertretung ordentlich zur Kasse gebeten worden. Hier dagegen, in der tiefen französischen Provinz, blieb alles friedlich und unkontrolliert.

Man befand sich auf einer der großen Nord-Süd-Achsen im Nachbarland, die in Ferienzeiten von Touristenschwärmen bevölkert wurden.

Das Auto gehörte zur oberen Mittelklasse und war nicht besonders formschön. Es entsprach genau dem Bild, das der Besitzer gern von sich selbst der Öffentlichkeit vermittelte, eines Mannes nämlich von einfacher Herkunft, der es zu beträchtlichem Vermögen gebracht hatte. Erbe, Zufälle und Geschick waren die Gründe dafür gewesen.

Dieses Bild einer bewusst gepflegten Anspruchslosigkeit wurde auch in seinem äußeren Erscheinungsbild deutlich. Preiswerte Kleidung, ein bisschen zu lange getragen, zerbeulte Hosen und einfaches Schuhwerk erzeugten beim Betrachter den Eindruck einer gewissen Bedürftigkeit. Mit diebischer Freude genoss Herbert die Diskrepanz zwischen diesem betont bescheidenen Outfit und seinen finanziellen Möglichkeiten, von denen natürlich fast alle seine Bekannten und Freunde wussten.

Allerdings gab es hier und da auch Zweifel an der Echtheit seiner

Camouflage – dann nämlich, wenn es galt, bei bestimmten Anlässen einmal gut oder gar festlich gekleidet zu erscheinen. Dann wurde deutlich, dass er wohl nicht ganz sicher war in der Anwendung beziehungsweise Auswahl seiner Mittel.

Inzwischen war es zwölf Uhr. Am Tag zuvor war man in Norddeutschland zur zweitägigen Reise gestartet und hatte traditionell in einem südbelgischen Hotel übernachtet. Jetzt war die Hälfte der heutigen Tagesstrecke erreicht. Und diese Mitte wurde von einem Autobahnrestaurant markiert, das in der Hochsommerzeit der Massenabfütterung von Touristen diente. Jetzt dagegen war es angenehm leer. Nur einige Rentnerpaare und ein paar männliche Einzelgänger ähnlichen Alters stiegen zum Mittagessen ab.

Herbert steuerte den Wagen in eine der vielen freien Parkboxen. Als er den Motor abstellte, erwachte seine Nachbarin, die ein vormittägliches »Nickerchen« gehalten hatte – eine Art Vorschlaf, denn es war zwischen ihnen ausgemacht, dass sie nach der Pause als erste fahren würde.

»Sind wir denn schon da?«, fragte sie erstaunt, rieb sich die Augen und kramte sofort in ihrer großen Tasche herum, um nach ihrem Lippenstift zu suchen.

»Aber ja, du hast ja fast eine Stunde tief geschlafen.«

Sie nahmen ihre Wertsachen an sich und verriegelten das Auto. Beide waren im Pensionsalter – noch nicht richtig alt, aber schon lange nicht mehr jung. Man sah es ihrem umständlichen Gehabe und dem gemächlichen Gang deutlich an.

Sie freuten sich auf die erste kulinarische Berührung mit dem geliebten Nachbarland, das ihnen zur zweiten Heimat geworden war. Natürlich war es nur eine Autobahnküche, die sie erwartete, aber sie unterschied sich doch deutlich von ähnlichen Etablissements im Heimatland.

Ein paar ordentliche Fisch- und Fleischgerichte, Salate und vor allem der berühmte »Burgundische Weißkäse« aus der Region standen auf der Anzeigetafel.

Da sie noch eine gehörige Wegstrecke vor sich hatten, bei der sie sich gegenseitig ablösen würden, wollten sie aber nur ein paar Kleinigkeiten essen, um ihre Mägen nicht unnötig zu belasten.

Es war einer dieser wunderbaren späten Herbsttage mit klarem Blauhimmel und einer noch immer angenehm warmen Temperatur. Einige der Alttouristen hatten sich deshalb mit ihren Tabletts auf die Außenterrasse gesetzt.

Sie selbst wollten aber drinnen essen, da Vera gerade dabei war, eine Erkältung auszukurieren. Von diesen Erkältungen wurde sie in letzter Zeit häufig befallen, was ein beständiges Hüsteln, manchmal auch heftigen Husten zur Folge hatte.

Dieses Hüsteln war aber auch ein Ergebnis ihres Kettenrauchens, dem sie seit ihrer Pubertät anhing. Eine tägliche Rate von circa drei Zigarettenschachteln war ihre Norm. Er dagegen rauchte nicht. So, wie es sich für einen Sportler gehörte, der er war.

Im Auto, während der Fahrt, wurde seit längerer Zeit nicht mehr geraucht. Nach längerem Kampf hatte er ihr diese Vereinbarung abgetrotzt. Dafür gab es nun häufige Raucherpausen, die auf den jeweiligen Fahrerwechsel abgestimmt wurden.

Nach dem Mittagessen war Vera an der Reihe, derweil nun der Reisepartner sein Mittagsschläfchen einleitete.

Sie fädelte routiniert den Wagen in den laufenden Verkehr ein, der nun, in der Nähe einiger kleinerer Städte, etwas dichter geworden war. Da sie präzise auf Südkurs waren, stand die Sonne für die Autofahrer sehr ungünstig. Flach und direkt prallte sie auf die Windschutzscheibe. Vera drehte die Blendschutzklappe nach unten und setzte ihre große Sonnenbrille auf.

Die Brille war eine teure Konstruktion, die außer dem Blendschutz auch die technischen Merkmale der augenmedizinischen Notwendigkeiten aufweisen musste. Auch das modisch-elegante Brillengestell hatte seinen Preis gehabt.

Aber nicht nur der Brille wegen, sondern in ihrem ganzen modischen Erscheinungsbild hob Vera sich deutlich von ihrem schlichten Reisegefährten ab. Zwar hatte sie sich für die lange Autofahrt zweckmäßig einfach gekleidet. Aber selbst durch diese Zweckmäßigkeit schimmerte in allen Teilen ihres Outfits ihr solider und treffsicherer Geschmack durch.

Es war inzwischen 14.00 Uhr. In etwa vier bis fünf Stunden würden sie, so nicht irgendetwas Unvorhergesehenes passierte, am Ziel sein. Sie mussten auch nicht, wie sonst üblich, für das erste Abendessen einkaufen, da sie erwartet wurden. Ihr Sohn Ulrich war seit einer Woche mit seiner neuen Freundin dort und würde sie hoffentlich gut vorbereitet empfangen.

Ihre Kinder – es gab außer Ulrich noch einen etwas älteren Sohn – waren häufig mit ihren jeweiligen Freunden im Haus, manchmal für sich, manchmal auch mit den Eltern zusammen. Die Kinder genossen die Aufenthalte in dem schönen alten Chateau, dass Herbert vor einigen Jahren gekauft hatte.

Beide Kinder befanden sich schon in ihren dreißiger Jahren und hatten es, nach landläufigen Begriffen, noch nicht weit gebracht.

Mathias, der ältere von beiden, war klein und schmal von Statur. Die Körperlänge hatte er vom untersetzten Vater geerbt. Er war künstlerisch begabt. Schon als Kind hatte er durch malerische Ambitionen und beträchtliches Können auf sich aufmerksam gemacht. Folglich hatte er auch an einer Kunstakademie Malerei studiert und mühte sich seitdem um Präsenz und Anerkennung. Bisher entsprachen aber seine Ausstellungs- oder gar Verkaufserfolge durchaus nicht seinem Können und auch nicht den Erwartungen seines Umfeldes.

Ulrich war nur zwei Jahre jünger als sein begabter Bruder. Er war als Kind eher vernachlässigt worden. Zumindest empfand er es so. Er galt als der »Underdog« der Familie.

In einem Internat hatte er nur mit Mühe das Abitur geschafft, obschon es ihm keineswegs an Intelligenz mangelte. Aber er fühlte sich schon als Kind unverstanden und isoliert. Diese Attitude des Unverstandenen kennzeichnete ihn auch in seinen reiferen Jugendjahren.

Da man auch von ihm einiges erwartete, hatte er verschiedene Anläufe zu einer Verstetigung seines Lebens gemacht. Er studierte einige Semester Informatik, brach jedoch die Sache ohne Ergebnis wieder ab. Ein Fachstudium als Industriedesigner führte sogar zu einem Diplom. Aber er wusste damit nichts Rechtes anzufangen und war als Mitarbeiter in verschiedenen Planungsbüros als wenig anstellig und extrem anpassungsunwillig. Nur eine besondere handwerkliche Begabung hatte er aufzuweisen – offenbar ein Erbe seines geschickten Vaters.

Vera schaute eher beiläufig in die vertraute Landschaft. Sie hatte jetzt etwa die Hälfte ihrer Fahretappe hinter sich. Sie kannte inzwischen jeden Hügel, jeden Kirchturm und all die vielen »Chateauchen«, die ihre Fahrstrecke säumten und in ihr eine Stimmung von Vertrautheit und freundlicher Langeweile erzeugten – genau die richtige Voraussetzung, um sich ihren Gedanken zu überlassen.

Wie würde es denn diesmal mit der Vierergruppe gehen, die sie noch eine Woche sein wollten? Ginge es friedlich zu oder würden sie wieder irgendwann aneinander rasseln – wie schon oft geschehen?

Vera war ordnungsliebend bis zur Pedanterie und in ihrer heimatlichen Wohnung hatte jedes Ding seinen Platz. Es gab keine Unordnung und kein Stäubchen auf Möbeln und Gegenständen. Einer ihrer Bekannten hatte einmal gesagt, ihre Wohnung sähe beständig so aus, als sei gerade jemand mit einem riesigen »Hoover«-Staubsauger darüber hinweg gefahren.

Ulrich hatte die Schlampigkeit seines Vaters geerbt, obwohl er mit seiner großen und schlanken, fast mageren Figur eher auf seine Mutter kam. Und von seiner jetzigen Freundin, die er seiner Mutter nur einmal kurz vorstellte, hatte Vera auch nicht gerade den Eindruck von Ordentlichkeit und Akkuratesse gewonnen. In ihrer zu krassen Verbalismen neigenden Ausdrucksweise hatte sie das Mädchen von circa 25 Jahren sofort als »Schlampe« eingestuft. Die Schlampe stufte umgekehrt die Mutter ihres neuen Freundes nach kurzem Eindruck als zwar elegant, aber auch arrogant ein.

Wie war es nur gekommen, dass die Kinder trotz guter oder gar bester Anlagen letztlich so versagten? Vera war sich darüber nie recht klar geworden. Gewiss, Herbert, der Vater, war trotz seines Reichtums nicht gerade ein Muster an Energie und Tatkraft. Seine Interessen waren ziemlich einseitig auf Geld und Sport konzentriert. Trotzdem hatte er erfolgreich studiert und ein Diplom in einer technischen Disziplin erworben, das er allerdings, wie sein Sohn Ulrich, niemals als Grundlage für einen ordentlichen Beruf genutzt hatte.

Konnte es denn sein, dass die Kinder durch die Erwartung eines großen Erbes so wenig ehrgeizig waren und beide keinen rechten »Biss« hatten? Natürlich konnte es sein, dachte Vera. Als studierte Psychologin musste sie das für immerhin möglich halten.

Herbert wachte auf. Er blinzelte kurz in die Landschaft und erkannte an einem markanten historischen Punkt ihre derzeitige Position. In solchen Dingen war er als talentierter Segelflieger sehr gut und orientierungssicher.

Er schloss die Augen wieder, da er keine Lust auf eine Diskussion mit der Fahrerin hatte. Fuhr er selbst, so lehnte er Debatten rundheraus ab. Er müsse sich aufs Fahren konzentrieren, erklärte er. Fuhr aber sie, so war er vor Diskussionen niemals sicher. Und es ging ja fast immer nur um die Kinder oder um Trivialitäten ihres bevorstehenden Aufenthalts im »Haus«, wie sie ihr Feriendomizil mit ironischer Bescheidenheit genannt hatten.

Trotz seiner hohen technischen Intelligenz war er Vera rhetorisch nicht gewachsen. Zwar stritten sie nicht mehr so heftig wie früher, aber das ständige Herunterleiern der gleichen Themen nervte ihn, und er versuchte sich den Debatten möglichst zu entziehen.

Außerdem war seit langem klar, dass sie über die Entwicklung ihrer Kinder gänzlich unterschiedliche Ansichten hatten – insbesondere über die möglichen Ursachen für die Misère. Er war es gewohnt, dass sie ihm in ihrer nöligen, leiernden Sprechweise, die sie sich seit einigen Jahren angewöhnt hatte, im wesentlichen die Schuld dafür gab. Er sei wegen seiner trägen und selbstgefälligen Lebensweise immer schon ein schlechtes Vorbild gewesen.

Er dagegen war ganz anderer Ansicht: Schließlich habe sie sich in den für die Kinder entscheidenden Jahren von ihm abgesetzt und einem anderen Mann zugewendet. Sie habe damit ein schlechtes Beispiel gegeben und den Kindern die Wärme eines gesicherten Elternhauses entzogen.

Er hatte Vera ihren damaligen Ausbruch aus der Ehe nie verziehen, obwohl er richtig stolz gewesen war, als sie nach der Bruchlandung mit dem »Neuen« und ein paar weiteren Fehlversuchen zu ihm zurückgekehrt war.

Inzwischen waren sie schon wieder einige Jahre »zusammen«, wie man es nannte. Das Zusammenleben war aber eher das von »Onkel und Tante«. Man lebte zu Hause voneinander getrennt und sah sich nur zu harmlosen Unternehmungen wie Spazierengehen oder -fahren und eben bei den häufigen Aufenthalten im »Haus«.

Um ihn nach ihrem Ehebruch wenigstens als gelegentlichen Freizeitpartner zurückzugewinnen, hatte Vera einen für ihre Verhältnisse »hohen Preis« bezahlt. Sie war, obschon völlig unsportlich und dem ganzen Sportwesen, vor allem aber den Sportlern zutiefst abgeneigt, freiwillig zu ihm ins Segelflugzeug gestiegen und hatte ein paar Rundflüge mit ihm absolviert.

Dabei hatte sie, obschon sie ihn im sportlichen Bereich für ruhig und technisch versiert hielt, vor Angst »Blut und Wasser« geschwitzt – sich aber tapfer so gut wie nichts anmerken lassen.

Schlimmer galt das andere »Opfer«, dass sie ihrem Wiedereintritt in die Zweierverbindung brachte: Sie hatte auch ein paar mal mit ihm geschlafen, obschon sie ihn, besonders nach ihren außerehelichen Erfahrungen, für total unerotisch hielt.

Diese beiden Zugeständnisse hatte sie nach einer gewissen Verfestigung der Beziehung wieder zurückgenommen.

2

Die Freundin erwachte. Ihr erster Blick durch das nahe Fenster mit der für französische Gutshäuser typischen niedrigen Fensterbrüstung fiel auf eine der mächtigen alten Buchen, von denen das schöne Haus umstellt war. Das Fenster war halb geöffnet und ließ die ersten Sonnenstrahlen herein. Es schien ein schöner Tag zu werden. Durch das schon herbstlich gelichtete Laubwerk war blauer Himmel zu sehen.

Man wollte früh aufstehen, um das Haus für einen freundlichen Empfang der Eltern vorzubereiten. So hatten sie es sich gestern Abend nach dem letzten Schmusen vorgenommen.

Sie drehte sich auf die andere Seite und blickte auf ihren halb nackten »Beischläfer«, der noch mit weit geöffnetem Mund schlief. Ihr Freund Ulrich hatte wieder tüchtig geschnarcht und sie damit ein paar mal aufgeweckt. Er habe das Schnarchen von seiner Mutter geerbt, behauptete er. Dabei waren wahrscheinlich Polypen in der Nase die Ursache. Dazu die Rückenlage, die das Schnarchen begünstigte.

Die Freundin hüstelte ein wenig und weckte ihn damit auf. Er rückte sofort an ihren schlafwarmen Körper heran. Aber sie wies ihn ab. Sie bestand darauf, dass zunächst die Zähne geputzt wurden.

Ulrich hielt das für extrem unerotisch, hatte sich aber gefügt. Er wusste ja selbst, dass er durch den beim Schlafen ständig geöffneten Mund am Morgen abstoßenden Mundgeruch hatte.

Danach kuschelten sie sich noch für eine Weile aneinander. Dabei blieb es – man wollte sich nicht zu sehr ablenken von den vielen Dingen, die heute noch zu tun waren.

Es war 9.30 Uhr. Ulrich rechnete seiner Freundin vor, wo die Eltern, die als Frühstarter galten, jetzt wohl gerade seien. Man musste ab circa 17.00 Uhr oder schon früher mit ihnen rechnen.

Die Freundin dachte mit einem gewissen Unbehagen an die nächsten Tage, an denen Ulrichs arrogante Mutter hier die »Haus«-Regie übernehmen würde. Ulrich und sie hatten die Woche des Alleinseins sehr genossen – unplanmäßig gelebt und unregelmäßig gekocht und gegessen. Das würde nun anders werden. Die pedantische Mutter bestand auf geregelten Tischzeiten – zumindest Abends. Mittags würde sich jeder nach Gutdünken versorgen.

»Wir machen einen üppigen gemischten Salat und essen danach eine Rindfleischbouillon«, sagte Ulrich. Die Freundin war sofort einverstanden, da sie ohnehin in der Küche ein eher unbeschriebenes Blatt war.

Damit war auch ihre Rolle für die nächsten Tagen festgelegt. Sie würde Vera zwar ihre Hilfe anbieten, wusste aber von Ulrich, dass die höchstens in niederen Küchendiensten bestehen konnte. Die Mutter, eine exzellente Köchin, ließ von anderen nur solche Dienste zu. Davon hatte auch Herbert immer profitiert und sich als Ausgleich für ihre Arbeit an Haus und Garten zu schaffen gemacht.

3

Am Morgen, gegen 10:00 Uhr, startete Herbert seine fast tägliche Radtour. Er fuhr immer allein.

Einmal, im vergangenen Jahr, hatte er den Versuch gemacht, seine Frau an diesen Unternehmungen zu beteiligen. Er schenkte ihr dazu ein ordentliches Fahrrad. Aber schon der erste Versuch hatte in einem Fiasko geendet. Die unsportliche und ungelenke Vera hatte sich auf dem Rad unsicher gefühlt und in einer Kurve die Balance verloren. Sie stürzte schwer und schlug sich das linke Knie heftig auf. Herbert hatte die Wunde notdürftig mit den Mitteln aus seiner Satteltasche verbunden.

Vera konnte weder weiterfahren noch nach Hause zurückhumpeln. Also ließ er sie am Straßenrand zurück und raste im Eiltempo mit seinem Rennrad nach Hause, um mit dem Wagen die Verletzte und ihr verbeultes Fahrrad aufzulesen.

Damit war die Idee vom gemeinsamen »Ausreiten« gestorben. Er fand das bedauerlich, aber irgendwie war es ihm auch recht so. Er war gerne allein. So war er zumindest für zwei bis drei Stunden des Tages vor dem ständigen und nervigen Palaver seiner Frau sicher. So auch heute wieder.

Nach längerer Fahrt durchquerte Herbert ein kleines Wäldchen und machte an seinem Lieblingsplatz die gewohnte Rast. Hier konnte er, auf einer Bank am Ufer des kleinen Flusses, seinen Gedanken nachhängen.

Am frühen Morgen hatten die »Youngster« das Haus in Richtung Heimat verlassen. Die gemeinsamen Tage waren bemerkenswert friedlich verlaufen – ganz ohne den obligatorischen »Knatsch«.

Die »Jungen« hatten sich um Kooperation bemüht und Vera hatte die unausweichlichen »Schleifspuren«, welche die beiden unabsichtlich aber deutlich und ständig hinterließen, geflissentlich und tapfer übersehen.

Traditionell hatten sie auf dem Hof ihre täglichen Boule-Runden gespielt, wobei immer Ulrich den Ton angab. Er wurde schon länger als »Oberschiedsrichter« tituliert. Er bestand darauf, dass zwei Mannschaften gebildet wurden, die gegeneinander spielten.

Er spielte mit seiner ungeschickten Mutter und der Vater hatte die »Neue« an seiner Seite, die im Spiel gänzlich unerfahren war. So spielte jeweils ein Starker mit einem Schwächeren zusammen.

Der sportliche Herbert dominierte das Spiel und glich mit seinen präzisen Würfen die ungeschickten seiner jungen Partnerin aus. Ulrich, inzwischen fast so gut wie sein Vater, musste die Fehler seiner Mutter ausbügeln. Es ging dabei laut und lustig zu. Von vielen Oh- und Ah-Rufen wurden die Würfe begleitet und das

Spiel verlief insgesamt friedlich und im Ergebnis in etwa ausgeglichen.

Gemeinsame Marktgänge mit den folkloristischen Farbtupfern, Kneipenbesuche, ein festliches Dinner in einem benachbarten »Sterne«-Restaurant und die allabendlichen Köstlichkeiten aus Veras Küche sorgten für gute Stimmung. Das traditionell schöne spätherbstliche Wetter hatte die vergnügliche Woche abgerundet.

Von nun an würde Herbert wieder seinen Gewohnheiten nachgehen. Stundenlang saß er vor der »Glotze«, um das Ergehen seiner Aktienkurse zu verfolgen. Eine »Schüssel« auf dem Dach brachte ihnen auch die heimatlichen TV-Sendungen ins Haus.

Vera fummelte ein wenig im Garten herum oder gab sich ihrem gewohnten Lesevergnügen hin.

Die Idee zum Kauf des Hauses war hauptsächlich von Vera ausgegangen. Herbert hätte von sich aus niemals daran gedacht. In der erneuerten Zweierbeziehung kam es dann zu einer »glücklichen« Arbeitsteilung. Sie hatte wegen ihres sicheren Geschmacks die richtigen Ideen zur Instandsetzung des ein wenig heruntergekommenen Hauses, und er durfte dazu beständig sein Scheckbuch zücken. Hier und da versuchte er, ihren kostspieligen Eifer ein wenig zu bremsen. Sie aber konnte ihn immer wieder von der Richtigkeit ihrer Pläne überzeugen. Und am Ende der Renovierungszeit, die sich wegen des ständigen Pendelns zwischen Heimat und Ferienhaus über einen Zeitraum von fast zwei Jahren erstreckte, war Herbert restlos begeistert gewesen. Vor allem dann, wenn Besucher das Ergebnis bewunderten.

Da er in Fragen des Geschmacks und der Gestaltung unsicher war, brauchte er diese Urteile der Außenstehenden zur Absicherung seiner persönlichen Ansichten. Das war schon beim Bau des Privathauses in der Heimat so gewesen, das sie mit einem befreundeten Architekten zusammen entwickelt hatten und das allseits beachtet wurde.

4

Herbert war auf einem großen norddeutschen Mühlenhof aufgewachsen. Die zum Hof gehörenden umfangreichen Ländereien hatte sein Vater an umliegende Bauernhöfe verpachtet, um sich ausschließlich auf den Mühlenbetrieb zu konzentrieren. Eine historische alte Windmühle verzierte das respektable Anwesen.

Seine Eltern hatte Herbert als zwei Menschen in Erinnerung, die gar nicht zueinander passten, was sich beim Familienleben und vor allem bei der Kinderaufzucht unangenehm bemerkbar machte. Eigentlich hatte es ein richtiges Familienleben nie gegeben.

Der Vater, ein vierschrötiger Mann von derber Art und grobem Witz war der unbeschränkte Herrscher über Haus und Hof. Er ließ keinerlei Widerspruch zu. Die Kinder – es gab noch einen älteren Bruder, der traditionell eines Tages den Betrieb übernehmen würde – duckten sich, wie das Gesinde, vor den jähzornigen Ausbrüchen des Vaters.

Die Mutter hatte wenig Bezug zu Familie und Betrieb. Sie saß fast ständig in ihren eigenen Zimmern und ließ einer tüchtigen, klugen und schon etwas älteren Magd fast vollständige Freiheit bei der Arbeit im Haus.

Sie war ein bisschen schlicht und äußerst prüde – bildete sich aber wegen ihrer Herkunft von einem Gutshof eine Menge ein und hielt sich für das, was man eine »feine Frau« nannte.

Der Vater hatte außer seinem angestammten Beruf nur noch eine große Passion: Er war leidenschaftlicher Jäger und galt bei seinen Jagdgenossen als lustiger und trinkfester Kumpel. Bei einem der vielen ausschweifenden Jagdfeste hatte er seine Frau kennen gelernt. Er war zunächst mächtig stolz gewesen auf seinen »Fang«, denn schließlich heiratete er »nach oben«, wie man es nannte. An bäuerlichen Maßstäben gemessen hatte er ein Mädchen aus besseren Kreisen erobert. Diese Eroberung erwies sich dann im Alltag des Ehelebens und hauptsächlich in den ehelichen Nächten als rechte

Fehlinvestition. Seine Freunde fragten sich gelegentlich, wie diese unmögliche Ehe wohl funktioniere und vor allem, wie wohl die Kinder zustande gekommen sein mochten.

Nun – die Kinder wuchsen trotz dieser Disharmonien ganz ordentlich heran, was im wesentlichen der tüchtigen Chefmagd Martha zu verdanken war, die sich liebevoll und streng um die Kinder kümmerte.

Herbert, der Zweitgeborene, durfte das Gymnasium besuchen und später auch studieren. Als er seine Schulzeit beendet hatte, kam es auf dem Mühlenhof zu einem einschneidenden Ereignis, welches Leben und Aussichten der Familie nachhaltig beeinflusste.

Die verpachteten Ländereien des Hofes grenzten teilweise an den Flughafen der benachbarten großen Stadt. Im Laufe der Expansion des Flugbetriebs bestand Bedarf an der Erweiterung des Geländes für Startbahnen und zusätzliche Gebäude.

Also musste man Gelände hinzukaufen und ein glücklicher Umstand ergab, dass von dieser Umwidmung des Geländes von Ackerland in »Bauland« insbesondere der Mühlenhof profitierte. Die Grundstückspreise stiegen um ein Vielfaches und die Familie wurde durch diesen grandiosen Zufall zu Millionären gemacht.

Einige Freunde äußerten die Vermutung, dass der clevere Großmüller, der in allen möglichen Ausschüssen und Gremien saß und in »allen Pötten rührte« wohl erheblichen Einfluss auf die Entscheidungsprozesse gehabt habe.

5

Die letzte Vormittagsvorlesung endete um 13.00 Uhr. Einer seiner Lieblingsprofessoren hatte über »Städtebau« referiert. Der Prof war als profunder Kenner der vielschichtigen Materie bekannt und wusste seine Kenntnisse trotz seines schon beträchtlichen Alters auf interessante, gelegentlich auch witzige Weise zu vermitteln.

Am Nachmittag würde Konrad noch einmal in die Uni gehen, um an einem anderen Lehrstuhl den letzten Stand seines aktuellen Entwurfs-Programms vorzustellen. Er überlegte sich, ob er es wieder »nur« mit dem Assistenten zu tun bekäme, oder ob der Prof heute selber erscheinen würde. Im allgemeinen trat der erst gegen Schluss einer Arbeit auf. Die Studenten, aber auch die betreuenden Assistenten, waren jeweils gespannt auf seine Urteile. Der Assistent fürchtete dabei eine Negativkritik fast mehr als der Student, da schließlich das Ergebnis unter seiner Mithilfe entstanden war.

Jetzt aber begab sich Konrad erst einmal zum Mittagessen in die Mensa, die um diese Zeit meist übervoll war. Er stellte sich mit Tablett und Besteck in die Warteschlange, bekam seine schlichte Essensration und suchte nach einem freien Platz.

Er sah, dass an einem Fenstertisch gerade jemand seinen Stuhl räumte. Konrad ließ sich an dem Sechsertisch nieder und begann die karge Mahlzeit – wie üblich ein überschaubares Stück Fleisch mit etwas Gemüse und reichlich vielen Kartoffeln. Als Dessert stand ein Jogurtbecher auf seinem Tablett.

Rechts von ihm saß eine leidlich hübsche Studentin im »Schlabberlook«, die ihn nicht zur Konversation reizte.

Links löffelte ein Kommilitone gerade an seinem Nachtisch. Konrad schätzte ihn auf knapp dreißig Jahre. Er hatte ein gut geschnittenes Gesicht mit leicht gewellten braun-schwarzen Haaren. Seine Figur schien eher untersetzt, wenn sich nicht noch überlange Beine unter dem Tisch verbargen.

Man konnte ihn als breitschultrig bezeichnen. Seine aufgekrempelten Hemdsärmel ließen kräftige Arme erkennen – seine Hände waren breit und knochig. Konrad meinte ihm ansehen zu können, dass er schon einmal derbe Arbeit verrichtet hatte. Seine Brille hob diesen etwas vierschrötigen Eindruck wieder ein wenig auf und vermittelte seiner Gesamterscheinung einen gewissen intellektuellen Anstrich.

Er schien eher schüchtern zu sein, zumindest aber zurückhaltend und wortkarg. Darum sprach Konrad ihn an – mit den üblichen Floskeln über Essen, Wetter und Studienkram.

»Ist ja mal wieder ein erhebender Essensgenuss«, leitete er das Gespräch ein.

»Ja, eigentlich ein ziemlicher ›Schlangenfraß‹«, erwiderte der Nachbar.

»Aber man bringt es runter – man erwartet ja nichts Besseres«, erwiderte Konrad.

Der Nachbar sprach mit bäuerlich-friesischem Akzent, was sich ja mit dem ersten optischen Eindruck durchaus vertrug. Jedenfalls schien er von gradliniger und direkter Art zu sein. Nicht so ein »Spinner«, von denen man hier so viele sah.

Umgekehrt schien auch eine gewisse, vorsichtige Sympathie erkennbar – jedenfalls machte der Nachbar noch keine Anstalten zu gehen. Er wartete so lange, bis auch Konrad seinen Teller bis auf die Hälfte des Kartoffelberges geleert hatte. Dabei fiel ihm auf, dass der Tischnachbar außer den Kartoffeln auch die fetteren Teile der Fleischschnitte auf dem Teller beließ. Er dagegen hatte seinen Teller bis zum letzten Krümel geleert.

Sie verließen zusammen die Mensa, gingen noch eine kleine Wegstrecke gemeinsam und informierten sich gegenseitig über Wohnadressen und Studienrichtungen.

Dem »Neuen« gefiel Konrads lockerer Plauderton, über den er selbst wegen seiner ländlichen Herkunft nicht verfügte. Er fand seinen Essens- und Weggenossen amüsant. Obwohl er so ganz anders war und ihn mit seiner schlanken Figur um etwa einen halben Kopf überragte, fand er Konrad sympathisch. Eigentlich gegen seinen Willen, da er familiär begründete Vorurteile gegen elegante Plauderer hatte. In seiner Heimat und auf dem Hof seines Vaters wurde immer nur das Nötigste gesprochen – ohne unnötigen »Schnickschnack«.

An einer Straßenecke trennten sich ihre Wege. Sein Tischgenosse hatte sich als Herbert L. vorgestellt, mit der Studienrichtung »Bauingenieurwesen«. Daraus ergab sich eine gewisse berufliche Nachbarschaft der beiden, aber gleichzeitig auch eine deutliche Trennlinie. Denn Bauingenieure und Architekten unterschieden sich traditionell voneinander und waren, obwohl beruflich aufeinander angewiesen, einander in »herzlicher« Abneigung verbunden.

Die Architekten hielten die Ingenieurkollegen für »dröge« und einspurig – umgekehrt galten die Architekten den Ingenieuren als »Spinner« und »Bildchenmaler«.

Die Architekten wurden an der Technischen Universität deshalb eher als Außenseiter gesehen. Zwar wurden sie alle bei Studienende zu Diplomingenieuren gemacht, aber die gemeinsame Berufsbezeichnung enthielt eben angesprochene Ungereimtheit.

Allerdings gab es ein Ereignis im Jahr, das alle zusammenführte und von der Architekturfakultät veranstaltet wurde.

Es war ein Faschingsfest und die Architekten hatten ihm den verrückten Namen »Afafafafei« gegeben – was soviel hieß wie Architekten-Fakultäts-Familien-Faschings-Feier. Dieser jährliche Ball galt lange Zeit als *das* gesellschaftliche Ereignis in Uni und Stadt und zog dann auch die drögen Ingenieure in großer Zahl an.

Da konnten sie alle mal tüchtig aus sich herausgehen und »die Sau rauslassen«. Das Fest war in der Stadt wegen seiner Freizügigkeit berüchtigt.

Konrad erreichte jetzt seine Studentenbude. Er dachte noch einmal an die mittägliche Begegnung. Man hatte trotz der gegenseitigen Sympathie alles offen gelassen. »Man wird sich sicher mal wiedertreffen – würde mich freuen«, hatte Konrad gesagt. »Es würde auch mich freuen« hatte Herbert schlicht geantwortet.

6

Am Nachmittag erlebte Konrad gleich zwei Überraschungen: Der Prof erschien selbst und war gut gelaunt – ein eher seltener Tatbestand. Er galt als kritischer und kompetenter Mann und war wegen seiner oft bissigen und ironischen Art gefürchtet.

Heute aber gab er sich ungewohnt locker und fast heiter, kommentierte Konrads Entwurf wohlwollend, machte hier und da noch ein paar kleinere Verbesserungsvorschläge und empfahl, die Arbeit auf der erreichten Basis zu Ende zu bringen. Konrad stellte noch ein paar geflissentliche Fragen und verließ in bester Laune den Saal.

Das war heute wirklich ein guter Tag gewesen, dachte er. Am Morgen die tolle Städtebauvorlesung und nun die Absegnung seines Entwurfs. Er konnte jetzt seine Diplomarbeit anpacken und damit sein Examen einleiten.

Es wurde auch höchste Zeit. Denn er ging bereits auf die »Dreißig« zu, und seine Eltern erwarteten endlich ein Ergebnis und den erhofften entschlossenen Eintritt ins Berufsleben.

Sein Studium hatte sich quälend in die Länge gezogen, da er sich immer wieder von anderen Dingen ablenken ließ. Frauengeschichten und vor allem seine Spielleidenschaft hatten ihn aufgehalten.

Die von seinen Eltern noch gewährte finanzielle Unterstützung hielt ihn gerade über Wasser. Manchmal war das monatliche Salär schon zur Monatsmitte aufgebraucht und er war zum Jobben gezwungen. Aber jetzt, so nahm er es sich fest vor, wollte er die Sache endlich zu Ende bringen.

In heiterer und optimistischer Stimmung strebte er seiner Lieblings-Kneipe zu, wo er einen jüngeren Kommilitonen zu treffen hoffte und womöglich auch andere Kollegen. Man würde herumquatschen, Bier trinken und ein paar Runden knobeln oder Karten spielen. Sein jüngerer Freund Christoph studierte wie er Architektur und war ein rechter »Bruder Leichtfuß«. Obwohl er schon eine feste »Braut« hatte, jagte er allen erreichbaren »Schürzen« nach. Er erzählte seinem älteren Freund Konrad, den er verehrte, beständig von seinen vielen Eroberungen, was diesen gelegentlich nervte. Aber Christoph wollte ihm wohl imponieren beziehungsweise seine Anerkennung erringen.

In der Kneipe wurde er von einer Studentengruppe mit wohlwollendem »Hallo« und »Wie geht's?« empfangen. Einige hatten schon ein paar Biere »gestemmt«, waren entsprechend laut und führten große Reden.

Konrad zog sich mit seinem jungen Freund und zwei weiteren Kollegen an einen Fenstertisch zurück und man spielte ein paar Runden »17 + 4«. Es ging dabei nicht um Geld. Der Verlierer musste jeweils eine »Runde« werfen.

7

Herbert L. ist in Druck. Zwar arbeitet er fleißig und erfolgreich sein Studienpensum herunter und wird in Kürze sein Diplom machen. Aber privat ist er in Schwierigkeiten geraten.

Zu Hause, auf dem Mühlenhof, hatte sich trotz des plötzlichen Reichtums wenig verändert. Der despotische Vater hielt »den Daumen drauf«. Das heißt, er legte das »große Geld« nach eingehender Beratung gut und gewinnbringend an und verhielt sich so, als sei nichts weiter geschehen.

Er bezahlte seine Leute eher knapp, machte aber zwei Ausnahmen: Die Großmagd Martha, eine einfache, aber intelligente und durchsetzungsfähige Person, behandelte er großzügig. Die Frau war schon nicht mehr die Jüngste und unscheinbar. Sie hielt sich von Männern fern, hatte aber in ihrer Jugend einen »Fehltritt« getan. Das Ergebnis dieses Fehltritts, ein ruhiger, aber pfiffiger Junge, wuchs mit der Familie zusammen auf.

Martha hielt ihm seine Ehefrau vom Leibe, kümmerte sich um seine Kinder und »schmiss« umsichtig und souverän »den Laden«.

Die zweite Ausnahme betraf eine der jüngeren Mägde. Sie war

kess und hatte eine herausfordernde Figur. Sie weckte die sexuellen Instinkte des Müllers. Er steckte ihr hier und da einen Geldschein zu. Dafür ließ sie ihn gelegentlich in ihre Kammer.

Seinen ältesten Sohn Friedrich führte er allmählich in die Leitung des Betriebes ein. Er hielt nicht viel von ihm. Er meinte, dass er so gar nichts von seiner cleveren und herrischen Art hatte und eher auf seine farblose und duldsame Mutter kam. Deshalb behielt er nach wie vor den Hof im Auge und führte weiter, wenn auch inzwischen altersbedingt etwas abgemildert, sein Schreckensregiment.

Mit dem zweitgeborenen Herbert, den er mit knappen Geldmitteln studieren ließ, verband ihn so gut wie nichts. Er interessierte sich auch nicht für dessen Studium und schon gar nicht für die Studieninhalte. Das einzige, was er von ihm erwartete, war ein zügiger Studien-Abschluss und eine baldige finanzielle Selbstversorgung in einem soliden Beruf.

Manchmal dachte der Müller daran, was wohl seine Erben demnächst mit all dem vielen Geld anstellen würden. Der Gedanke, dass sie sich des großen Erbes nicht als würdig erweisen würden, quälte ihn. Er hielt sie alle für schwach und lebensfremd. Seine fromme und duldsame Frau sowieso – aber auch seine beiden Söhne, von denen er keinem etwas Besonderes zutraute. Er übersah dabei, dass er sie alle mit seiner herrschsüchtigen Art beständig eingeschüchtert hatte.

Wenn einmal ein Freund oder Bekannter darauf aufmerksam machte, meinte er, dass sie sich eben nicht alles von ihm hätten bieten lassen sollen. Wer sich nicht zur Wehr setzte, war halt schwach. Das war sein Credo.

Und vor diesem Despoten sollte Herbert nun seine Schwierigkeiten ausbreiten.

Er hatte in seinem letzten Semester ein großes Studienfest besucht. Schüchtern wie er war, mussten ihn zwei Freunde geradezu mitschleppen. Herbert hatte vor einiger Zeit einen Tanzkursus besucht und sich als guter Tänzer hervorgetan. Allerdings gelang es ihm nur selten, seine jeweilige Tanzpartnerin gleichzeitig auch interessant oder gar amüsant zu unterhalten. Seine bestechende Intelligenz half ihm wenig. Vom »trockenen« Studium gab es nichts zu berichten. Außerdem behinderte ihn seine Aussprache mit dem zwar schon etwas abgeschliffenen, aber immer noch deutlichen bäuerlichen Akzent.

Auf dem Fest geriet er mit seinen beiden Freunden am späteren Abend an einen Tisch mit ein paar jüngeren Mädchen. Wie sich herausstellte, gehörten drei von ihnen zur vorletzten Klasse eines Gymnasiums.

Natürlich waren auch die Mädchen schüchtern. Aber alle hatten, wie eben auch Herbert und seine Freunde, schon ein bisschen getrunken und die Stimmung lockerte sich durch die flotte Musik und den Alkohol etwas auf.

Herbert plauderte, so gut er konnte, mit einem blonden Mädchen, das ihm am nächsten saß. Sie war leidlich hübsch und half ihm mit ihrer kecken Art über seine Anfangsschüchternheit hinweg. Er tanzte auch einige Male mit ihr, was recht gut ging. Leider war sie ein paar Zentimeter größer als er, was natürlich beide sofort registrierten, wenn auch nicht mit Worten.

Es war aber nicht zu übersehen, dass sie einander irgendwie gefielen. Sie mochte seine kräftige Figur und sein sympathisches Gesicht mit dem schönen dichten Haar. Er dagegen fand Gefallen an ihrer schlanken Erscheinung und dem flotten Mundwerk.

Am Ende des Abends waren sie so weit, dass sie beide ein Wiedersehen für wünschenswert hielten.

8

Das Mädchen hatte sich als Vera K. vorgestellt. Der Vater, ein Augenarzt, war ein eher stiller, freundlicher Mann gewesen und früh verstorben. Er hatte seine Familie gut versichert hinterlassen. Damit konnten Mutter und Tochter bei bescheidenem Wohlstand gut leben. Die beiden vertrugen sich nur mühsam. Die Mutter hatte schon ihrem Mann das Leben zur Hölle gemacht, den sie für lasch und leidenschaftslos hielt. Nun konzentrierte sie ihre ganze mütterliche Aufmerksamkeit auf die Tochter und wachte mit Argusaugen über deren Entwicklung. Zwar durfte Vera an einem Tanzkursus teilnehmen und auch mit ihren Freundinnen gelegentlich eine offizielle Tanzveranstaltung – wie Schüler- oder Studentenfeste – besuchen, aber die Mutter bestand darauf, dass sie jeweils zu vorgeschriebener Zeit wieder zu Hause war.

Nun traf sich Vera seit einiger Zeit mit diesem etwa zehn Jahre älteren Studenten. Sie hatte die Begegnungen zunächst vor ihrer Mutter verbergen können. Aber durch Zeitkontrollen und spitzfindige Fragerei war die dann doch dahinter gekommen.

Um die Übersicht nicht zu verlieren, wollte sie den »Freier« ihrer Tochter sobald wie möglich kennen lernen. Bei einem Teestündchen zu dritt war es dann soweit und Herbert, sehr um einen günstigen Eindruck bemüht, fiel bei der etwas dümmlichen, aber ehrgeizigen Mutter total durch.

Zwar fand sie ihn höflich, brav und äußerst solide, aber für ihr einziges Kind hatte sie sich doch etwas anderes vorgestellt. Ihrer Vision von einem Ideal-Schwiegersohn entsprach der Freund ihrer Tochter absolut nicht.

»Hoch gewachsen, schlank, intelligent, aus möglichst guter, finanziell gesicherter Familie« hätte er sein sollen. Dieses Traumbild der Mutter konnte Herbert mit seiner ländlichen Herkunft und seiner breiten, kräftigen aber untersetzten Figur in keiner Weise erfüllen.

Allerdings würde er als baldiger Diplomingenieur womöglich rasch gut dastehen, dachte die Mutter. Die sparsamen Andeutungen über den elterlichen Mühlenhof ließen auch auf einen soliden Hintergrund schließen.

Die Mutter war höflich, in Grenzen freundlich und kehrte ein bisschen die »Dame« heraus – was immer sie sich darunter vorstellen mochte. Außerdem kannte sie die Eigenwilligkeit ihrer Tochter, die ihre jeweiligen Absichten meist clever und listig durchzusetzen wusste.

Als Herbert gegangen war, blieb sie deshalb eher reserviert. »Bloß nicht draufschlagen«, dachte sie. Sie wollte die Entwicklung klug beobachten und kommentieren.

Vorsichtshalber ermahnte sie ihre Tochter, die sie trotz ihrer kecken und vorwitzigen Art für total unschuldig hielt, zur Zurückhaltung. Vera wusste, was die Mutter damit meinte.

Herbert traf sich nun immer häufiger mit seiner jungen Freundin, wie er sie insgeheim bereits nannte. Soweit seine Studien, die er nach wie vor eifrig vorantrieb, und Veras Mutter es zuließen.

Vera hielt nicht viel von ihrer Mutter, die sie nur ihren »Zerberus« nannte. Sie war der Meinung, dass der frühe Tod ihres geliebten Vaters, zumindest zum Teil, auf das Konto ihrer zänkischen Mutter gegangen war. Aber sie war natürlich total von ihr abhängig.

So verhielt sie sich entsprechend opportunistisch, was sie selbst für kluge Anpassung hielt. Eine Grundeinstellung, die sie auch in ihrem Erwachsenenleben nicht verließ. Äußerliche Anpassungsfähigkeit wurde sozusagen ihr Markenzeichen und gab ihr den Anstrich eines schillernden und nicht ganz aufrichtigen Charakters.

Die beiden Verliebten machten Spaziergänge, gingen in Kneipen und sprachen von ihren bisherigen Lebensläufen. Obwohl Herbert intelligent und gut zehn Jahre älter war, hatte er Mühe, sprachlich mit seiner quirligen und cleveren Freundin mitzuhalten. Es machte sich da so ein gewisses »Stadt-Land-Gefälle« bemerkbar. Nur durch den erheblichen Altersunterschied schien er im Vorteil zu sein.

Zwangsläufig musste sie ihn zumindest für erfahrener halten – insbesondere, so dachte sie insgeheim – in Fragen von Liebe und Erotik.

Da Herbert ihr trotz dieser gewissen ländlichen Unbeweglichkeit und Schüchternheit doch recht sympathisch war, wollte sie mit ihm zusammen, wenn möglich, ihr erstes erotisches Abenteuer bestehen.

Bisher beschränkten sich ihre diesbezüglichen Erfahrungen auf ein bisschen »Geknutsche« und auch sexuelles »Gefummel« mit gleichaltrigen Jungen aus Tanzkurs und Schule.

Auch Herbert konnte man nicht gerade »erfahren« nennen. Die kesse und wohlgebaute Magd, die nun schon länger seinen Vater »bediente«, hatte ihn verführt und ein wenig »angelernt«. Dabei hatte sich Herbert als zwar äußerst potent, aber auch ungeschickt und unerotisch erwiesen, woran auch die dralle und liebeskundige Bauernmagd nicht viel zu ändern vermochte.

Zumindest hatte sie ihm aber ein gewisses Grundpensum in Fragen von sexueller Stimulation, weiblicher Erwartungshaltung und vor allem von Verhütungstechniken beigebracht.

Obwohl Veras prüde und strenge Mutter ihrer Tochter eingeschärft hatte, nur ja nicht mit auf Herberts Zimmer zu gehen, war es natürlich doch eines Tages passiert.

Und in Herberts kleiner Studentenbude konnte man es sich zu zweit eigentlich nur im Bett gemütlich machen. Aber die erste sexuelle Begegnung wurde vor lauter Ungeschicklichkeiten nur ein schmerzhafter »Kurzläufer«.

Vera war grenzenlos enttäuscht und weinte, was den biederen Herbert total verunsicherte. Er versuchte sie zu trösten, wozu ihm allerdings die richtigen Worte fehlten. Hilfreicher war da schon eine von Veras Klassenkameradinnen, die bei ihren Freundinnen den Ruf eines erfahrenen »Luderchens« genoss. Diesem Luderchen vertraute Vera ihre erste Erfahrung an und erhielt tröstenden Beistand. Erste Male, so die »Erfahrene«, seien meist rechte Pleiten. So sei es ihr auch ergangen. Da müsse man durch. Hinterher würde es dann besser und sie könne heute schon gar nicht mehr darauf verzichten.

Allerdings sei man als Frau schon sehr auf die »Fähigkeiten« des Mannes angewiesen. Sie habe da schon ordentliche Versager erlebt. Im Moment sei sie allerdings bestens versorgt und erlebe mit ihrem derzeitigen »Lover« den »Himmel auf Erden«, wie sie euphorisch und aufschneidend formulierte.

Vera war halbwegs getröstet und wurde durch die Weiterentwicklung in ihrer neuen Zuversicht bestätigt. Sie trafen sich jetzt fast nur noch in seinem Zimmer, und damit eben auch in seinem Bett. Da Herbert von nimmermüder Potenz war und Vera den sexuellen Umgang mit ihrem älteren Freund auch gern hatte, trieben sie es nun immer häufiger miteinander. Ein Orgasmus, von dem die erfahrene Klassenkameradin so geschwärmt hatte, war ihr allerdings noch nicht geschehen, dachte sie etwas unzufrieden.

Sie wusste ja von ihren früheren Fingerspielen, wie er sich anfühlte. Sie traute sich aber nicht, Herbert darauf anzusprechen, der weiter nur auf seine Potenz baute und keinen besonderen erotischen Ehrgeiz entwickelte.

Ihm genügte die »Missionars-Stellung«. Er hatte zwar von der kessen Magd auch anderes gelernt, aber da war eben die Initiative jeweils von ihr ausgegangen und er hatte einfach alles mit sich machen lassen.

Bei der unerfahrenen Vera hätte aber die Anregung zu Varianten von ihm ausgehen müssen. Und daran hinderte ihn nach wie vor seine Schüchternheit und seine totale Unfähigkeit, das Liebesspiel mit seiner jungen Freundin auch verbal interessant und einfühlsam zu begleiten.

So wurde alles langsam zur Normalität. Sie wurden auch leichtsinniger bei den Verhütungsnotwendigkeiten und verließen sich ganz auf Veras Zeitangaben. Das ging auch lange gut – aber eines Tages war es dann geschehen. Sie bekam »ihre Tage« nicht pünktlich, was noch nie passiert war. Zunächst hofften sie noch, doch allmählich wurde die Sache zur Gewissheit – Vera war schwanger.

Herbert geriet in Panik. Er stand mitten im Examen und musste nun seinem cholerischen Vater die Sache beichten.

Eines stand für ihn fest: eine Abtreibung kam nicht in Frage. Also müsste er nach den besonders auf dem Land vorherrschenden Moralvorstellungen das Mädchen heiraten, bald eine größere Wohnung mieten und möglichst schnell in dem vorgegebenen Beruf Geld verdienen.

Die bald folgende Heimreise mit der Beichte vor seinem Vater geriet zu dem erwarteten Horror-Trip. Der Müller tobte und erging sich in wüstem Geschimpfe über seine nichtsnutzigen Nachkommen.

Herbert sagte nichts mehr und hoffte darauf, dass sich der Alte schon irgendwann beruhigen würde. So war es dann auch. Erschöpft von der ganzen Brüllerei hing er in seinem Sessel.

Er billigte Herberts Entschluss, das Mädchen zu heiraten und stellte ihm für die notwendigen und hoffentlich bald vorübergehenden Aufwendungen die entsprechenden Geldmittel in Aussicht.

Eine Abtreibung wäre auch für den Alten nicht in Frage gekommen. Zwar war er kein frommer Mann, hätte sich aber wegen seines beträchtlichen Bekanntheitsgrades eine solche illegale Aktion kaum leisten können. An die Meinungen des schwangeren Mädchens und deren Mutter dachte er dabei weniger. Sollte sein Sohn doch zusehen, wie er mit der neuen Entwicklung fertig würde. Außer Geld hatte er ihm keinerlei Hilfe zu bieten.

Von einer offiziellen Hochzeit wollte er allerdings nichts wissen – zeigte sich auch wenig neugierig auf seine zukünftige Schwiegertochter. Herberts vorsichtige Frage nach einer vorzeitigen Auszahlung eines gewissen Anteils vom zukünftigen Erbe wies der Vater brüsk zurück.

Solange er lebe, gäbe es nichts zu erben, entschied er kurz und bündig.

9

Konrad war in Hochstimmung. Er feierte seine ersten Erfolge als Architekt. Sein Examen lag nun ein Jahr hinter ihm und er war mutig in der großen Universitätsstadt geblieben. Viele seiner Studienfreunde hatten die Stadt sofort nach dem Examen verlassen.

Sie prophezeiten ihm nichts Gutes. Hier, am Studienort, dränge sich doch alles und man könne als Neuling kaum »dazwischen kommen«, meinten fast alle übereinstimmend. Er hatte es trotzdem versucht, zumal er auch eine kürzlich in Gang gekommene Beziehung zu einer interessanten jungen Frau nicht sofort wieder aufkündigen wollte.

Für selbstständige Tätigkeit gab es im Grunde nur zwei Möglichkeiten: Die Beteiligung an Planungs-Wettbewerben und die Bekanntschaft potenzieller Privat-Bauherren.

Beides war zwar äußerst schwierig, das wusste Konrad. Aber er baute auf sein Können und seine gesellschaftlichen Fähigkeiten, die ihm bei der Akquirierung von Aufträgen helfen sollten.

Für eine gewisse Übergangszeit hatte er sich in einem Architekturbüro als freier Mitarbeiter eingebracht. Er entging damit der geregelten »Knechts«-Arbeit mit vorgeschriebenen Arbeitszeiten, vor denen es ihn grauste, und mit den knappen Vergütungen aus dieser Tätigkeit konnte er sich gerade, bei sparsamster Lebensführung, über Wasser halten.

Seine Hochstimmung resultierte aus zwei Anfangserfolgen. Er hatte durch einen glücklichen Zufall einen Uralt-Bekannten aus seiner Kinderzeit wiedergetroffen, der in der Bannmeile der Stadt ein technisches Planungsbüro betrieb.

Nach einer mit vielen »Weißt du noch« und »Was macht denn eigentlich der und der« gespickten Erinnerungsphase des Gesprächs und dem Austausch von Berufserfahrungen hatte der Kindheitsfreund von seiner jungen Familie mit zwei Kleinkindern gesprochen und davon, dass er dringend mehr Platz brauche. Konrads Herz hüpfte bereits vor Freude, denn er ahnte, was jetzt folgen würde.

Und so kam es dann auch. Der Freund wollte ein auf seine junge Familie zugeschnittenes Haus bauen. Ein dazu passendes Grundstück habe er bereits gefunden.

Ob denn Konrad wohl sein Architekt sein wolle?

Der Freund hatte sich schon umgehört und von all den Schwierigkeiten erfahren, die Freunde und Bekannte mit ihren Neubauten, insbesondere aber mit ihren jeweiligen Architekten gehabt hatten. Das sei eine windige Zunft, hatte man ihm warnend gesagt.

Und in der Tat – auch Konrad hatte er ja als einen zwar klugen aber auch leichtlebigen Typen in Erinnerung. Offenbar waren sie wohl alle so – halbe Künstler halt. Und Künstler waren eben in der Regel leichtlebig ...

Aber Konrad hatte sehr engagiert, und wie dem Freund schien, auch sachkundig und psychologisch versiert über die Problematik des Bauens und vor allem über die unbedingt notwendige gute Zusammenarbeit zwischen Bauherr und Architekt gesprochen und ihn damit beeindruckt.

Das Haus wurde ein Erfolg. Konrad nannte es stolz seine »Erstgeburt« und er konnte nun Bauinteressenten ein erstes eigenes Werk vorführen.

Der zweite Erfolg betraf die Teilnahme an einem Planungs-Wettbewerb zum Neubau eines Rathauses, ebenfalls in der Bannmeile der Stadt.

Er errang mit seinem Entwurf den dritten Preis. Damit war zwar klar, dass er mit dem Planungsauftrag nichts zu tun haben würde. Aber von der nicht unbeträchtlichen Preissumme konnte er sich sein erstes gebrauchtes Auto leisten. Den Rest verspielte er im Casino.

10

Veras Mutter war außer sich, als ihre Tochter ihren »Fehltritt« beichtete. Herbert hatte Vera vom Tobsuchtsanfall seines Vaters erzählt, aber auch davon, dass der Vater die finanzielle Absicherung des »Unfalls« zugesichert habe. Mit dieser Gewissheit im Rücken konnte sie tapfer ihrer bösartigen Mutter entgegentreten. Herbert hatte darauf bestanden, dabei zu sein.

Die Mutter war tief enttäuscht von ihrer Tochter, aber auch von Herbert, den sie bei aller Langweiligkeit doch für besonnen und gewissenhaft gehalten hatte. Aber sie beruhigte sich überraschend schnell. Und als Herbert davon gesprochen hatte, dass sein Vater in all seinem Zorn sogar die Beteiligung an einer Hochzeit und erst recht deren Ausrichtung ausgeschlossen habe, fühlte sich die Mutter herausgefordert. Sie würde die Sache in die Hand nehmen. Das war doch noch einmal eine »Aufgabe« und eine Abwechslung in ihrem tristen Witwendasein.

Herbert bremste ihren Elan. Er wolle die Sache schlicht und einfach gestalten. Ein paar Studienfreunde, vielleicht auch seinen Bruder, sofern sich dieser über des Vaters Boykott hinwegsetzen würde, wolle er einladen. Eventuell auch einen Bekannten aus der Architekturfakultät, den er einige Male getroffen habe, und der ihm sympathisch sei. Und natürlich ein paar Freundinnen von Vera.

Sodann wolle man bald eine kleine Wohnung mieten, um für die personelle Verstärkung der jungen Familie räumlich gerüstet zu sein. Vera würde die Schule ohne Abschluss aufgeben. Eine schwangere Schülerin wollte man der frommen Schulleitung nicht zumuten. Diese Entscheidung war der werdenden Mutter ganz recht. Sie hatte schon lange keinen Gefallen mehr am Schulbetrieb gefunden.

Mitten in diese Überlegungen platzte die Nachricht, dass Herberts Vater einen schweren Schlaganfall erlitten habe. Während einer seiner Schimpfkanonaden vor dem Gesinde war er zusammengebrochen. Die Diagnose lautete auf halbseitige Lähmung und schwere Sprachstörungen. Herbert eilte sofort nach Hause und fand den Vater elend und zusammengesunken in einem Lehnstuhl. Obwohl er unter dem Despoten so gelitten hatte, schmerzte ihn jetzt dieser jammervolle Anblick.

Das Gesinde und auch Herberts Mutter atmeten auf. Zu sehr hatten sie alle unter dem grimmigen Regiment des Alten zu leiden gehabt und sich geduckt. Mit dem Sohn Friedrich würde doch alles viel einfacher und menschlicher werden.

An die Erbschaftsfrage rührte niemand. Der Vater war ja noch, trotz aller Schwäche, bei klarem Verstand, und so würde wohl in der Beziehung zunächst alles beim Alten bleiben.

Herbert wollte nun die Hochzeitsfeier noch bescheidener gestalten. Man traf sich in kleinster Besetzung zu einem Restaurant-Essen. Er hatte seinen Architekten-Freund gefragt, ob er wohl ein paar Worte sagen würde, eine Art Tischrede also. Seinen netten, aber eher drögen Ingenieurkommilitonen traute er da wenig zu.

Konrad hatte sich sofort bereit erklärt und wurde zwischen Braut und Brautmutter platziert. Er fand das Mädchen leidlich hübsch und pfiffig in ihrer ganzen Art und Ausdrucksweise. Er scherzte mit ihr. Hin und wieder drechselte er ein paar nette Floskeln für die Mutter, die er schnell als eitel und unbedeutend einstufte.

11

Konrad kam nach den beiden anfänglichen Glückstreffern – dem Haus für den Jugendfreund und dem bescheidenen Wettbewerbserfolg – nicht recht voran. Er lebte weiter von seinem Mitarbeiter-Job.

Dann hatte er sich mit Christoph, seinem jungen Kommilitonen, an einem Planungswettbewerb für das Verwaltungs-Gebäude einer Versicherungsgesellschaft beteiligt.

Christoph stand jetzt auch kurz vor seinem Examen und hatte eigentlich kaum Muße für eine solche zeitfressende Arbeit. Aber Konrad überredete ihn dazu, wenigstens bei der Reinschrift, also der endgültigen Ausarbeitung der Arbeit, mitzumachen. Er hatte einige von Christophs Arbeiten gesehen und war von dessen erstklassiger Darstellungs-Technik überzeugt. Dazu hatte er einen guten Modellbauer für die Ausarbeitung des Planungs-Modells gewonnen.

Das alles würde natürlich eine Menge Geld kosten, das Konrad eigentlich nicht besaß. Es war, wie üblich, ein Vabanque-Spiel. Nicht so inhaltslos zwar, wie das verhasste Roulette-Spiel, dem er seit Jahren verfallen war, aber eben doch, wegen der geringen Erfolgsaussichten, sehr riskant. Am Tag des Preisgerichts hatte er gespannt und aufgeregt im Büro gesessen. Es war ihm wie immer bei solchen Ereignissen gegangen. Er war am Ende in Zeitnot geraten, da er bis zuletzt Planungsschwächen entdeckte. Erschöpft hatte er es gerade geschafft. Zumindest bei der Abgabe der Arbeit war Konrad restlos überzeugt von seinem Entwurf.

Aber die Konkurrenz war zahlreich und auch renommiert, wie er nach und nach erfuhr. Die Zuversicht schwand.

Als dann am Abend der Entscheidung der Anruf kam mit der Mitteilung vom Gewinn des ersten Preises, war er in ein Freudengeheul ausgebrochen und hatte spontan eine Party organisiert, die wüst und alkoholgetränkt geendet hatte.

Nachdem er am anderen Tag wieder halbwegs nüchtern war, wurde die überschäumende Freude des vorherigen Abends von ernsten Bedenken abgelöst.

In der Regel, aber durchaus nicht selbstverständlich, erhielt der erste Preisträger den Planungsauftrag. Vor allem dann, wenn auch der Bauherr, der bei der Preisgerichts-Entscheidung keine entscheidende Stimme hatte, vom Entwurf und vor allem seiner Praktikabilität überzeugt war. Dazu musste das Planungsbüro nach Meinung des Bauherrn kompetent, ausreichend besetzt und erfahren bei der Umsetzung eines so großen Auftrages sein.

Das alles hatte ja Konrad nicht anzubieten. Er hatte sich vorsichtshalber die Rückendeckung des Büros geholt, für das er nun schon längere Zeit als freier Mitarbeiter tätig war.

Es gab ein paar Gespräche mit der Verwaltungsspitze der Versicherung, die Konrad alle glänzend bestand. Auch für Veränderungsvorstellungen, die vorgetragen wurden, zeigte er sich offen und hatte kompetent darauf reagiert. Umso enttäuschter war er dann von der Absage. Mit netten, aber windigen Argumenten hatte man sich für den Träger des zweiten Preises entschieden, der den Managern einfacher und solider erschien. Konrad war aber überzeugt davon, dass sein »Ein-Mann-Betrieb« den Kampf verloren hatte ...

Er grübelte. Wie sollte er denn jemals zu einem größeren Auftrag kommen, wenn nicht einmal ein erster Preis, der statistisch eine Rarität darstellte, zum Erfolg führte.

Er wusste von Biographien bekannter Architekten, dass fast immer das Zusammentreffen von Können und äußersten Glücksumständen zum ersten großen Erfolg geführt hatten. Da ging es ihnen nicht anders als den großen Dirigenten, die wegen der plötzlichen Erkrankung eines Pultstars einspringen durften und ihren Durchbruch schafften. Ein faszinierender aber eben auch deprimierender Tatbestand.

Konrad hauste nach wie vor in seiner schlichten und viel zu kleinen Studentenbude. Für eine richtige Wohnung hätten seine finanziellen Möglichkeiten nicht ausgereicht. Zum Glück hatte seine neue Freundin Gisela, die einen gut dotierten Posten in einer Handelsfirma bekleidete, viel Verständnis für seine Situation. Sie selbst besaß bereits ein schönes, wenn auch kleines Appartement im grünen Außenbezirk der Stadt. Dabei hatten die begüterten Eltern mitgeholfen.

Dort hielt man sich bei den Begegnungen meist auf und hatte viel Spaß an den gemeinsamen und laienhaften Kochbemühungen. Gelegentlich trafen sich die beiden auch in Konrads Bude. Gisela fand das romantisch – insbesondere sein schmales Bett, das sie gleich sein »Mönchsbett« taufte, in dem es dann aber alles andere als mönchisch zuging.

Sie »standen aufeinander«, wie man es nannte. Gisela war klein und zierlich, aber von bemerkenswertem Temperament. Ihre Liebesspiele und Umarmungen waren eine reine Freude. Dabei sprach keiner der beiden von der Zukunft. Man ließ sich treiben …

Gelegentlich dachte Konrad an das junge Paar, bei dessen Hochzeit er dabei gewesen war. Wie mochte es ihnen gehen? Sie mussten doch jetzt bald sogenannte »glückliche Eltern« werden. Und in der Tat, schon bald erhielt er eine Geburtsanzeige. Es war ein Söhnchen geworden und sie hatten ihm den schönen Namen Mathias gegeben. Da hatte sich gewiss Vera durchgesetzt. Nach Herberts biederem Geschmack klang der Name nicht gerade. Er hätte gewiss etwas Handfesteres gewählt.

Zur Kindstaufe, zu der man ihn und seine Freundin einlud, wollte Konrad aber nicht gehen. Das war ihm zu familiär. Obendrein hatte auch Gisela keine Lust auf Familienkram. Eine solche Feier passte nicht in ihr Weltbild von Freiheit und vor allem »freier Liebe«.

Konrad fand eine glaubwürdige Ausrede, und die beiden gingen dann lieber in ein Symphoniekonzert. Die teuren Karten hatte Gisela besorgt. Es war ihr Geschenk zu seinem anstehenden dreißigsten Geburtstag.

12

Herbert fand Gefallen an seinem Söhnchen. Vor allem, nachdem der verschrumpelte Säuglingsstatus, den nur immer die jungen Mütter süß fanden, einer frischen und glatten äußeren Gestalt gewichen war. Mit seinen typischen linkischen Gesten und Worten näherte er sich dem Kind.

Ganz anders die junge Mutter. Nicht ohne Zärtlichkeit, aber resolut und handwerklich geschickt ging sie mit dem Säugling um. Sie war häufig mit ihrem Kind allein, weil ihr Mann – dieser Begriff war ihr nach wie vor eher fremd und sie benutzte ihn so gut wie nie – mit seinem Examen in den letzten Zügen lag.

Es war ihr eigentlich ganz recht so, da man in der winzigen Wohnung ziemlich eng aufeinander saß. Ihre sexuellen Kontakte waren seltener geworden – zunächst im Endstadium ihrer Schwangerschaft, danach durch das ständige Geplärre des Säuglings.

Vera empfand das nicht als Verlust. Einmal wurde sie durch das Kind stark abgelenkt, zum anderen war sie gegen die etwas eintönigen und immer nach dem gleichen Ritual ablaufenden, inzwischen ehelichen Umarmungen bereits abgestumpft.

Zwar kannte sie es nicht besser, aber sie ahnte, dass es wohl hinter dieser schlichten »Bumserei«, wie ihre Schulfreundin von einst die rohere und einfallsarme Ausübung des Geschlechtsaktes abfällig genannt hatte, noch etwas anderes geben müsse.

Unabhängig von solchen Gedanken wünschte sie sich möglichst rasch noch ein zweites Kind. Das hatte sie auch Herbert gesagt. Die beiden Kinder sollten dann, etwa gleichaltrig, aufwachsen, was beide Eltern für vernünftig hielten. Bald vermeinte Vera auch Anzeichen dafür zu entdecken, dass dieser Wunsch in Erfüllung gehen würde.

13

Soweit seine eng bemessene Zeit es zuließ, fuhr Herbert nun häufiger nach Hause. Nicht etwa, weil ihn das Elend des »Alten« näher an ihn herangeführt hätte. Der Vater hatte schon bald einen weiteren Schlag erlitten. Er war körperlich fast bewegungsunfähig und konnte sich nur noch durch Zeichen und Blicke artikulieren.

Herbert sprach jetzt auch mehr mit seiner Mutter, die nach den »Unfällen« ihres Mannes ein wenig offener und mitteilsamer geworden war. Schon die Großmagd Martha hatte davon gesprochen, dass ihr seine Mutter freier und gelöster erschiene. Andererseits hatte sie ihm aber auch gesagt, dass die Mutter ernstlich krank sei, was sie bisher ängstlich verschwiegen habe.

Nach den Andeutungen des Hausarztes litt die Mutter seit längerem an Krebs, hatte aber lange, viel zu lange, wie der Arzt meinte, die Symptome verschwiegen. Jetzt sei eine Behandlung schwierig bis unmöglich geworden. Man könne den Verlauf der Krankheit allenfalls verlangsamen.

Herbert sah kommen, dass hier wohl alles zu Ende gehen und er schon bald mit seinem Bruder allein sein würde. Er war sich mit Friedrich darin einig, dass man im »Ernstfall« – also dem Tod der Eltern – für die Gestaltung und sinnvolle Aufteilung des großen Erbes Fachleute zu Rate ziehen müsse – einen Notar sowieso, aber auch einen versierten Wirtschaftsprüfer.

Nun, so weit war es noch nicht, aber man wolle darauf entsprechend vorbereitet sein und deshalb Kontakt halten. Mit Friedrich würde Herbert auch keine Schwierigkeiten haben, da er ihn als lieben und aufrichtigen Bruder kannte. Aber da gab es noch Friedrichs Frau Lina. Die war von schlichtem Gemüt und einfacher Sprache. Doch sie war auch von bäurischer Schläue und hatte ihren zahmen Ehemann fest im Griff. Gegen Herbert pflegte sie das typische Vorurteil einfacher Menschen gegen intelligente und studierte Leute.

Lina, da war Herbert ganz sicher, würde wie ein Luchs darauf achten, dass sie mit ihrer bereits fünfköpfigen Familie nicht zu kurz käme.

Herbert nahm das alles eher gelassen. Er vertraute für den Ernstfall ganz auf die Hilfe der Fachleute.

14

Konrads »Erstgeburt«, das Einfamilienhaus auf dem Lande, hatte nach einiger Zeit ein paar ähnliche Aufträge nach sich gezogen, die ihn ganz allmählich sicherer und wirtschaftlich unabhängiger machten.

Er mietete eine größere Wohnung, in der er sein erstes kleines Atelier einrichtete. Sein Ein-Mann-Betrieb zwang ihn zur Rolle des »Mädchen für Alles«. Die Planung sowieso, aber auch die Bauleitung, die er gewissenhaft betrieb, obwohl sie ein furchtbarer Zeitfresser war. Sogar die Schreibarbeit im Büro machte er weitgehend alleine. Größere Schriftsätze und Ausschreibungen vergab er außer Haus. Manchmal, wenn es ganz dringend wurde, half seine Freundin Gisela.

Erst nach längerer Zeit bekam er einen Auftrag im Stadtzentrum – ein mittleres Wohn-Geschäftshaus. Erste kleine Schritte in die sogenannte »Gesellschaft« der Stadt, die eher zugeknöpft war und nur selten Fremde an sich heranließ, machten ihn bekannt. Man fand ihn locker im Umgang und unterhaltsam. Ganz allmählich sickerte dazu die Meinung durch, dass Konrad trotz seines eher leichtlebigen Erscheinungsbildes ein seriöser und ernsthafter Vertreter seines Faches sei.

Dieses Image aus Ernsthaftigkeit und Lässigkeit half ihm weiter und machte ihn als Adresse für potentielle Bauherren interessant.

Eines Tages, es war einige Zeit vergangen, erhielt Konrad einen Anruf von Herbert. Konrad hatte schon länger nichts von ihm gehört, sich seinerseits aber auch nicht gemeldet.

Er war jetzt total eingespannt und wurde von seiner vielen Arbeit »aufgefressen«. Die Planungsaufträge hatten zugenommen, so dass er die ganze Arbeit nicht mehr alleine bewältigen konnte und sich deshalb personell verstärken musste. Zumindest für die aufreibende Bauleitung brauchte er dringend Entlastung.

Ein erster Versuch in diese Richtung schlug fehl. Der an sich freundliche und umgängliche Mann kostete ihn mehr Zeit, als er ihm einsparte. Der Zweite war dann ein Volltreffer. Der Mann war ein wenig älter als Konrad und erwies sich auf den Baustellen als durchsetzungsfähig und zielorientiert. Auch besaß er die nötige Sensibilität, Konrads Entwürfe fachgerecht und mit viel Gespür für die oft schwierigen Details richtig umzusetzen.

Für seine Freundin Gisela hatte Konrad immer weniger Zeit und es kam zu ersten Spannungen in ihrer Beziehung. Gisela mochte zwar das unbedingte berufliche Engagement ihres Freundes, aber wenn nun für sie »beide« kaum noch etwas übrig blieb, dachte sie frustriert, konnte man ja genau so gut alleine leben. Konrad verstand sie. Er war so lieb zu ihr, wie er nur konnte und schaffte es auch immer wieder, durch »Bonbons«, wie Kurzreisen oder Veranstaltungsbesuche, ein Auseinanderbrechen der Beziehung, an der ihm viel lag, zu verhindern.

Herbert erkundigte sich freundlich nach Konrads Ergehen und erfuhr mit einer Mischung aus freundlichem Wohlwollen und einer Spur von Neid von dessen Vorwärtskommen. Er bat um ein Gespräch. Konrad ahnte, was nun folgen würde.

Man traf sich in Konrads Büro. Herbert sah mit schnellem Blick, dass es Konrad gut ging. Die bescheidenen Räume waren zweckdienlich und streng möbliert. Sie machten Eindruck auf ihn. Die Wände hingen voller Zeichnungen und Skizzen.

Herbert erzählte vom Tod seines Vaters, wozu ihm Konrad pflichtgemäß kondolierte. Auch seine Mutter, so Herbert, würde es nicht mehr lange »machen«. Ohne große Emotionen sprach Herbert davon, dass er in Kürze vom armen Schlucker zum vermögenden Mann avancieren würde. Und die dringendste Veränderung in seinem Leben würde eine angemessene Bleibe für seine gerade vierköpfig gewordene Familie sein. Also – er wolle ein großzügiges Haus bauen. Und er wolle Konrad, so dieser dazu bereit sei, zu seinem Architekten machen.

Konrad sagte sofort zu. Zwar war ja alles nicht mehr so dringend und neuartig wie bei seinem ersten Projekt, aber er freute sich über Herberts Vertrauen.

Da er und seine junge Frau gänzlich unerfahren in solchen Dingen seien, sagte Herbert, möge Konrad sie schon bei der Suche nach einem passenden Grundstück in möglichst angenehmer Lage unterstützen. Er habe doch durch seine schon reichhaltigen Erfahrungen gewiss einen Überblick über den Grundstücksmarkt.

Parallel zur Grundstückssuche wolle er gerne mit seiner Frau und ihm erste Gespräche über das Raum-Programm und ihre speziellen Bauwünsche führen. Sei dann ein passendes Grundstück gefunden, könne man genauer werden und in die Details einsteigen.

Das alles hatte Herbert ruhig, sachlich und mit bemerkenswerter Bestimmtheit vorgetragen. Wenn Konrad ihn früher eher für dröge gehalten hatte, so war davon jetzt so gut wie nichts mehr zu verspüren. Es war, als habe die neue Situation, nämlich das Ende der väterlichen Tyrannei, ihm neue Kräfte zugeführt und ihn von einem lebenslangen Druck befreit.

Konrad glaubte nicht, dass es eventuell auch das zu erwartende viele Geld sein könne, was Herbert so sicher und frei auftreten ließ. Er hatte Konrad erzählt, dass er an seinem Job, den er nach seinem Examen wegen seiner schwierigen Situation schnellsten übernommen hatte, wenig Gefallen fände. Zwar verdiene er dort recht ordentlich, aber die Arbeit mache ihm insgesamt keine Freude. Auch die Atmosphäre in dem Unternehmen sei nicht erbaulich. Er wolle diese Arbeit möglichst bald aufgeben und dann sehen, wie es weiterginge.

Konrad war beeindruckt. Er hatte durch das Gespräch ein ganz neues Bild von Herbert bekommen. Nicht das eines verklemmten und schüchternen jungen Mannes, als den er ihn gekannt hatte.

Von seiner jungen Familie hatte Herbert wenig gesprochen. Nur davon, dass man sich in der viel zu kleinen Wohnung beengt und unglücklich fühle. Einen nochmaligen Umzug in eine als Zwischenlösung dienende größere Wohnung wolle er aber auch nicht unternehmen. Lieber wolle er sich bis zum Einzug in den Neubau so gut wie möglich arrangieren.

Was denn Konrad wohl meine, wie lange die ganze Geschichte brauchen würde?

Das hinge von dem Erfolg der Grundstückssuche, den Planungsvorgängen und dem Verlauf der Baustellenentwicklung ab, meinte Konrad. Mit ein bis eineinhalb Jahren müsse man wohl rechnen.

15

Ein klarer Frühsommertag. Der blaue Himmel wurde nur von ein paar weißen Schönwetterwolken verziert. Um die Mittagszeit hatte die Sonne schon viel Kraft entwickelt. Vera hatte das kleine und einfache Mittagessen mit ihren beiden Kindern im Haus eingenommen, nachdem Mathias aus der Schule heimgekommen war.

Der Junge würde sein erstes Schuljahr bald beenden. Er hatte sein Pensum leicht und mühelos bewältigt und ging offenbar gerne in die Schule, von der er meist lebhaft und phantasievoll erzählte.

Söhnchen Ulrich sollte ihm in einem Jahr folgen. Er würde es mit Sicherheit schwerer haben, dachte die junge Mutter. Der Junge wirkte eher introvertiert und hatte kaum Spielfreunde. Deshalb buhlte er beständig um die Gunst seines Bruders, der ihm eindeutig überlegen war, was nicht nur an dem knappen Altersvorsprung lag. Schon in der Vorschulzeit war Mathias durch besondere Intelligenz, vor allem aber durch malerische und zeichnerische Begabung aufgefallen und seine Eltern mussten ihn schon früh mit Farbstiften, Zeichenpapier und einem Aquarellkasten versorgen. Dieses spezielle Interesse war umso erstaunlicher, als beide Eltern in künstlerischen Belangen eher unbeleckt waren. Der Vater mit seiner bäuerlichen Herkunft sowieso – aber auch Vera hatte es von jung an eher zur Literatur gezogen. In Fragen der bildenden Künste blieb sie bis auf das übliche im Bildungsbürgertum angesiedelte Interesse eher unberührt.

Dafür war sie aber in Fragen von Geschmack und Stil von bemerkenswerter Sicherheit, was sie vor allem bei der Planung und Einrichtung ihres Hauses eindrucksvoll bewiesen hatte.

Seit knapp drei Jahren wohnten sie nun in diesem von fast allen bewunderten Neubau und sie erinnerte sich fast mit ein bisschen Wehmut an die aufregende Zeit der Hausentstehung. Ihr Architekt Konrad, den sie seit ihrer Hochzeit nur selten sah, hatte nach mühevoller Suche ein sehr schönes, aber auch sehr teures Grundstück gefunden. Es lag am Kopf einer kleinen Stichstraße und grenzte mit seiner Nordseite an ein Wäldchen, welches natürlichen Schutz vor unerwünschten Einblicken bot.

Ihr Mann Herbert zeigte sich nach Konrads ersten groben Skizzen von der Machbarkeit des Projektes überzeugt und hatte das teure Grundstück gekauft. Dann begann die Planungszeit und sie hatten in einer Serie von Sitzungen Konrads Entwurfsvorstellungen gemeinsam erörtert.

Dabei lernte Vera den Architekten von einer ganz neuen Seite kennen. War er ihr bei der kargen Hochzeitsfeier, als sie mit ihrem schwangeren Bauch neben ihm saß, noch als charmanter und witziger Plauderer erschienen, so sah sie jetzt den engagierten und streng auf seine Aufgabe konzentrierten Planer.

Konrad verstand es geschickt, die berechtigten Einwände und Wünsche der beiden mit seinen eigenen strengen Formprinzipien in Einklang zu bringen. Dabei gab es zwischen Herbert und Vera eine fast vorgegebene Arbeitsteilung. Die junge Frau war voller Ideen und Wünsche und konnte sich in Konrads Ideenwelt schnell hineindenken, während Herbert mit seinem Ingenieurwissen die technische Machbarkeit im Auge behielt. Und natürlich die Kosten. Da war er ganz der Sohn seines bäuerlichen Vaters. Es solle schon alles sehr großzügig und gediegen sein, dürfe auch seinen angemessenen Preis haben, aber protzig solle es nicht werden, was sich genau mit Konrads Intentionen von Großzügigkeit und strenger Kargheit deckte.

Herausgekommen war letztlich dieses schöne, praktikable und uneitle Haus, in dem man angenehm wohnen konnte und das eine Zierde seines Umfeldes war.

16

Vera hatte sich nach dem Mittagessen, zu dem wie üblich Herbert nicht erschienen war, mit einem Buch in den Innenhof zurückgezogen. Der große Sonnenschirm schützte sie vor den nun schon flacher einfallenden Sonnenstrahlen.

Mathias saß in ihrer Nähe und machte an einem Tischchen seine Hausaufgaben. Ulrich fummelte auf der Straße mit seinen Spielautos herum.

Vera spürte, dass sie sich nicht recht auf ihren Buchtext konzentrieren konnte. Sie legte das Buch zur Seite und überließ sich ihren Gedanken. Man hätte es auch Grübeleien nennen können. Das passierte ihr in letzter Zeit immer häufiger.

Obschon es ihr äußerlich gut, ja sogar sehr gut ging, war sie eher unzufrieden. Wenn sie es genau betrachtete, war sie sogar unglücklich. Da sie viel las, wusste sie aber auch, dass dieses Bild ein Klischee war und in Film und Roman hundertfach beschrieben wurde:

»Junge Frau mit ein bis zwei Kindern in schönem, bewunderten Haus mit ungeliebtem Mann – wohnhaft in einem teuren Einfamilienhausghetto.«

Ihr Ehemann Herbert war ihr nach dem Übersiedeln in den Neubau immer fremder geworden. Anfangs ging es zwar – da war noch hier und da einiges zu machen, was Herbert auch handwerklich geschickt und gewissenhaft erledigte.

Aber dann hatte er zunehmend ein Eigenleben entwickelt. Er spielte Tennis, hatte einen Segelflugschein gemacht und danach einen eleganten teuren Segler gekauft. Seinen studierten Beruf hatte er aufgegeben. Außer den erwähnten sportlichen Aktivitäten beschäftigte er sich fast ausschließlich mit der Verwaltung und vor allem Vermehrung seines ererbten Reichtums. Er spekulierte, offenbar erfolgreich, an der Börse und mit Immobilien. So kam er auch gelegentlich mit Konrad zusammen, der ihn hier und da beim Kauf und auch dem Ausbau eines Altbaus beriet.

Zu seinen Kindern hatte er eine freundliche, aber immer etwas spröde Beziehung entwickelt. Sprach Vera ihn darauf an, so erklärte er seine mangelnde Herzlichkeit mit seinen eigenen Kindheitserlebnissen. Er selbst sei ohne Wärme und Zuwendung aufgewachsen. So sei wohl seine eigene Sprödigkeit am besten zu erklären.

Ihre ehelichen Kontakte hatten sich auf ein Minimum zurückgebildet. Sie schliefen seit dem Einzug in den Neubau getrennt. Darauf hatte Vera bestanden.

Am Sport ihres Mannes nahm sie nicht teil. Einmal wegen ihrer Unsportlichkeit, zum anderen wegen einer gewissen Verachtung des gesamten sportlichen Milieus. Wobei nicht ganz klar blieb, was zuerst da war, die Verachtung oder die Unsportlichkeit.

Nur zum Wintersport nahm Herbert traditionell seine Familie mit. Er selbst, ein glänzender Skiläufer, lernte seine beiden Kinder geduldig und zielstrebig an. Vera versuchte es erst gar nicht. Sie ging dann alleine spazieren oder versenkte sich, wie gewohnt, in ihre Bücherwelt.

Ein »gesellschaftliches Leben« hatten Herbert und Vera kaum. Ihr Mann hatte in dieser Beziehung überhaupt kein Talent und sie selbst war zu jung. Gelegentlich kam ihre Mutter vorbei und spielte die »liebe Oma«. Ein paarmal hatte Vera auch ehemalige Schulkameradinnen eingeladen. Die waren zwar, wie Vera, um einige Jahre älter geworden, aber, wie ihr schien, kein bisschen reifer. Sie erkannten zwar neidvoll die Großzügigkeit des Hauses, wussten aber mit der kühlen und sachlichen Architektur wenig anzufangen. Sie kicherten unsicher wie einst und alle zusammen ergingen sich in den üblichen launigen Erinnerungen an die Schule.

Eins der wenigen Ereignisse, auf das sich Vera immer wieder freute, war die jährliche Einladung zu Konrads turbulenten Atelier-Festen. Da kam sie auch mit Menschen zusammen, die ihr wesensmäßig nahe standen.

Auf Konrads Festen ging es locker zu. Es kamen Berufskollegen,

Künstler aus anderen Tätigkeitsfeldern und auch einige Mitglieder der sogenannten »Gesellschaft« der Stadt, die den legèren Umgang des »Künstlervölkchens« miteinander genossen und in gewisser Weise für exotisch hielten. Wie sie meinten, der totale Gegensatz zu den steifen Einladungen ihrer »Kreise«.

Vera dachte schon jetzt an das bald wieder anstehende Fest, das traditionell im Frühherbst, nämlich an Konrads Geburtstag, stattfand. Sie hatte sich dort immer glänzend amüsiert. Und Herbert, der sich in der gelösten Umgebung eher unwohl fühlte, hatte jedes Mal große Mühe, seine Frau zu meist später Stunde aus ihrem Traum herauszureißen.

Sie verstand es, sich bei solchen Anlässen auch äußerlich besonders gut darzustellen. Obwohl sie nur leidlich hübsch war, gelang es ihr, durch die exquisite Schlichtheit ihres Outfits Figur zu machen. Sie war ja immer noch, trotz ihrer zweifachen Mutterschaft, eine der jüngeren Teilnehmerinnen solcher Feste. Aber die Geburt der beiden Kinder und der natürliche Reifungsprozess hatten sie ein bisschen runder und weiblicher gemacht.

Sie war auch nur eine mäßig gute Tänzerin, wusste aber ihre Tanzpartner durch witzige Reden zu fesseln. Einige der anwesenden Männer machten aber eher einen Bogen um sie. Sie erschien ihnen trotz ihres jugendlichen Charmes als arrogant und hochmütig.

17

Vera saß in ihrem Lieblingssessel und sah die Abend-Nachrichten. Die beiden Kinder waren nach dem üblichen Knatsch endlich im Bett. Die junge Mutter war zwar lieb zu ihren Kindern, achtete aber auf Strenge und Autorität. Besonders zärtlich oder gar aufgesetzt mütterlich war sie nicht gerade. Ganz anders der Vater, der in seiner ganzen Unsicherheit im Umgang mit den Kindern eher nachgiebig war und ihnen, soweit es in seiner Macht stand, manches durchgehen ließ.

Vera erwartete ihren Herbert und hatte ein appetitlich aussehendes kaltes Abendbrot vorbereitet. Sie war inzwischen als Köchin versiert und man machte ihr bei den wenigen Essenseinladungen im Haus Komplimente.

Herbert war den ganzen Tag unterwegs gewesen und hatte als Tagesabschluss noch eine Runde Tennis gespielt. Er begrüßte seine Frau freundlich und knapp. Er sei verschwitzt und müsse erst einmal unter die Dusche. Aber auch ohne Verschwitztheit fielen die Begrüßungen der beiden in der Regel zwar freundlich, aber ohne Zärtlichkeit aus.

»Konrad hat uns eingeladen«, sagte Vera und zeigte auf den Briefumschlag. Herbert las die Einladung flüchtig und setzte sich zu Tisch.

»Die Einladung war ja fällig«, sagte er. »Du freust dich sicher schon mächtig darauf – dann hast du ja wieder deinen großen Auftritt«, versuchte es Herbert freundlich-ironisch.

Vera überhörte den ironischen Ton und sagte: »Ich bin gespannt auf Konrads neue Freundin. Man erzählt sich ja die tollsten Sachen über sie. Sie stammt wohl aus den sogenannten ›Ersten Kreisen‹ der Stadt.«

»Ja, habe ich auch gehört. Man sprach im Tennisklub davon. Sogar über die Möglichkeit einer Heirat wurde spekuliert. Das würde mich allerdings eher wundern bei Konrads Frauenverschleiß« sagte Herbert sarkastisch. »Sehr lecker, dein Salat – hast ja wieder richtig gezaubert« strapazierte er seine übliche Floskel.

Sie tranken einen guten »Weißen« dazu. Herbert hatte sich zum Weinkenner entwickelt und sorgte für einen stets exquisit ausgestatteten Keller. Da war er auch kein bisschen knauserig, denn damit konnte er bei den wenigen Besuchern Eindruck machen.

»Er ist schon ein seltsamer Typ«, dachte Vera. Einerseits gab er sich stets bescheiden bis knauserig und versteckte seinen Reichtum. Aber andererseits sollten doch alle davon wissen.

Das große Haus in der bevorzugten teuren Wohnlage konnte er

natürlich nicht gut verbergen, und er genoss auch die Komplimente der Besucher. Aber bei den üblichen Eitelkeiten der Männer verweigerte er sich. Ihre beiden Automobile gehörten zu den zwar soliden, aber preiswerteren Typen ihrer Klasse. Auch seine Kleidung war eher einfach und preiswert. Er hätte sich in einem teuren, feinen Anzug einfach unwohl gefühlt. Da machte er aus seiner Not eine Tugend. Teure Maßanzüge, wie sie seinem Vermögen entsprochen hätten, standen ihm einfach nicht – also ließ er es ...

Die beiden löffelten an dem Nachtisch – einer Eiscreme mit warmen Früchten.

»Hm, köstlich«, lobte Herbert. Er hielt seine junge Frau berechtigter Weise für eine inzwischen exzellente Köchin. Eine erstaunliche Fähigkeit angesichts ihrer Intellektualität, dachte er manchmal.

»Was gibt es denn in der Glotze«? fragte er.

»Einen alten Film mit Humphrey Bogart – den wirst du dir sicher gerne noch einmal ansehen, African Queen«

»Oh ja, den hatte ich schon lange auf meiner Wunschliste – und du?«

»Ich mag nicht« sagte Vera. »Ich gehe früh schlafen.«

18

Wir haben Konrad ein wenig aus den Augen verloren. Dabei geht es ihm gut. Zu gut, wie er selbst manchmal denkt. Was hat man ihm nicht alles an Schwierigkeiten prophezeit – damals nach dem Examen. Nahezu unmöglich sei es, in der großen Stadt und bei der zahlreichen und namhaften Konkurrenz Fuß zu fassen. Nun – er staunte manchmal selbst über die Rasanz seiner Entwicklung. Dabei waren noch keine zehn Jahre seit dem Berufsstart vergangen.

Sein Verhältnis zu seiner Freundin Gisela hatte letztlich dieser Entwicklung nicht standgehalten. Er hatte ihr die langfristige Beziehung, die sie wohl trotz ihrer Vorstellungen von »freier Liebe« erwartet hatte, nicht bieten können oder wollen. Seitdem hatten ihn wechselnde Freundinnen begleitet. Er kam gut an bei den Frauen und war auch gesellschaftlich inzwischen einigermaßen etabliert.

Er vermittelte der Öffentlichkeit genau das Bild, das er von sich selbst hatte – nämlich das eines ernsthaften und seriösen Architekten und vor allem auch Vertragspartners. Eine gewisse Schräglage im Privatbereich passte nach der klischeehaften Meinung seiner Klientel durchaus in dieses Bild.

Sein letztes und bisher größtes Bauprojekt war gerade fertig geworden: Ein potenter Investor hatte mit ihm als Architekten ein 15-geschossiges Hochhaus an markanter Stelle der Innenstadt hochgezogen. Konrad hatte sich dabei auch finanziell beteiligt und das oberste Geschoss mit dem darüber schwebenden Penthouse erworben.

So konnte er den dringend nötigen Platzbedarf für die inzwischen beträchtliche Mitarbeiterschar befriedigen. Im Penthouse, mit direktem Zugang vom Atelier, lagen seine Wohnräume. Das alles war nun fertig und in der für Konrad typischen Mischung aus Einfachheit und gestalterischer Raffinesse gelungen.

Er hatte immer die Meinung vertreten, dass ein Architekt nicht für sich selbst planen solle, da ihm der Bauherr als konstruktiver Widerpart fehle. Das meinte er auch heute noch, hatte sich aber in diesem Fall über seine puristische Grundeinstellung hinweggesetzt. Dabei kam ihm seine neueste weibliche Errungenschaft zu Hilfe. Bei einer der sogenannten »feinen Gesellschaften«, zu denen er immer häufiger gebeten wurde, hatte er eine nur wenig jüngere Frau kennen gelernt. Sie war die Tochter eines Privat-Bankiers und – nach einem Wirtschaftsstudium – im Unternehmen ihres Vaters tätig.

Sie galt als attraktiv, aber kühl und unnahbar. Eine kurze unglückliche Ehe in jüngeren Jahren hatte nicht gehalten – der daraus hervorgegangene Knabe lebte bei ihr und ging bereits zur Schule.

Konrad freundete sich mit ihr an. Da er ein Mann war, der meist den richtigen Ton traf und nie »mit der Tür ins Haus fiel«, kam er bei Anna gut an. Man traf sich bei den üblichen Anlässen – Theater, Konzerte, auch in ihrer beider Wohnungen. Dabei blieb es zunächst. Konrad fand Anna zwar, wie alle anderen auch, attraktiv. Aber er fühlte sich von ihrer kühlen und sachlichen Wesensart erotisch wenig angezogen. Zumindest zeigte er keinerlei Eile, die Echtheit dieser Zurückhaltung zu testen. Vielleicht war es aber auch raffinierte Spekulation. Und damit hatte er wohl richtig gelegen. Anna wurde durch seine Reserviertheit zunehmend irritiert. Fand er sie denn nicht anziehend?, dachte sie. Wollte er sie denn nur als Gesprächspartnerin und Begleiterin zu den üblichen bildungsbürgerlichen Anlässen?

Sollte sie etwa um ihn buhlen? Das erschien ihr doch ziemlich absurd und entsprach nicht ihrem festgezurrten Rollen-Verständnis. Aber Anna mochte ihren Freund Konrad schon zu sehr und hätte es als schwere Niederlage empfunden, wenn aus ihrer Freundschaft nicht eine normale Liebesbeziehung geworden wäre.

Die Gelegenheit zur Aufgabe dieser »Kontaktsperre« ergab sich dann über seine berufliche Schiene. Konrad hatte ihr, wie sollte es anders sein, gelegentlich ein wenig aus seinem Arbeitsleben erzählt – und natürlich von seinem neuen »Vorzeigeprojekt«. Da sie sich neugierig zeigte, nahm er sie auch gelegentlich – nach Baustellenschluss – mit in den Neubau.

Als die Einrichtung des Penthouses anstand, hatte Anna ihm mit ihrem zwar sehr bürgerlichen, aber instinktsicheren Gespür einige gute Ratschläge geben können. Sie fand das alles aufregend – und es war ja auch beeindruckend, aus den großen Panoramafenstern auf die Stadt mit ihren vielen Wasserflächen hinabzuschauen.

Nach einer Wohnungseinweihung in überschaubarer Besetzung war sie mit der Bemerkung, ihm noch ein wenig beim Aufräumen helfen zu wollen, als Letzte übrig geblieben. Und da war es endlich passiert. Beide waren ein wenig angeschickert und landeten nach einem reizvollen Vorgeplänkel in seinem nagelneuen, breiten Bett. Er fand sie süß –

eine von seinen vielbespöttelten Standardformulierungen. Der Alkohol hatte ihre Sprödigkeit beseitigt und der Bann war gebrochen.

Anna war nicht die Nacht über bei ihm geblieben, da sie ihre Mutterpflichten ernst nahm und am Morgen für ihr Söhnchen Moritz da sein wollte. Aber schon am nächsten Tag trafen sie sich wieder und nun, beide ganz nüchtern, fand er sie noch reizvoller als am Vorabend. Zum erstenmal entdeckte er so richtig ihre süße Nacktheit und war von ihrer nach wie vor ein wenig scheuen Zärtlichkeit entzückt.

Sie sprachen auch von dem in Kürze anstehenden Geburtstagsfest, auf dem sie zum ersten Mal als Konrads Freundin auftreten würde.

19

Das Fest wurde ein Erfolg. Die Atmosphäre hielt die Mitte zwischen der traditionell studentisch-künstlerischen Lockerheit und einer nicht zu übersehenden bürgerlichen Gediegenheit. Konrad hatte auch seine Wohnräume im Penthouse für seine Gäste geöffnet. Darüber hatte es Diskussionen mit Anna gegeben, die befürchtete, dass angeschickerte Gäste dort Unheil an der neuen und teuren Möblierung anrichten könnten. Sie hatte da wohl etwas abenteuerliche Vorstellungen von möglichen Exzessen des ihr unbekannten »Künstlermilieus«.

Konrad beruhigte sie. Das seien in der Regel doch gesittete Leute. Gewiss gäbe es hier und da jemanden, der einmal laut würde und über die Stränge schlüge. Aber seine Wohnungseinrichtung würden sie wohl kaum demolieren ...

Herbert und Vera kamen im eigenen Auto. Er würde, sagte Herbert, wenn nötig für die Heimfahrt ein Taxi nehmen. Er kannte den Neubau nur von flüchtigen Blicken aus dem Stadtverkehr heraus. Jetzt fuhren sie direkt darauf zu. Die Silhouette des Baukörpers hob sich eindrucksvoll vom schon dämmrigen Abendhimmel ab. Das oberste Geschoss mit dem darüber liegenden Penthouse war hell erleuchtet. In den unteren Büroetagen brannte nur noch hier und da ein Licht.

Die beiden waren in sehr unterschiedlicher Stimmung. Während Herbert die Sache am liebsten schon hinter sich gebracht hätte, war Vera ziemlich nervös und voller Erwartungen. Sie hatte sich, wie üblich, einfach und gediegen gekleidet: ein schlichtes schwarzes Kleid mit mäßigem Ausschnitt und dreiviertel langen Ärmeln stand ihr wie angegossen. Als Schmuck trug sie nur einen aparten, an den Hals geschmiegten silbrigen Metallkranz und dazu passend einen entsprechenden Armreif. Beides waren teure Geschenke ihres Mannes, der sie bei solchen Geschenkaktionen vorsichtshalber zum Juwelier mitnahm. So konnte zumindest geschmacklich nichts schief gehen. Bei den Kosten war er eher großzügig, vertraute aber auf das richtige Gespür seiner jungen Frau. Ihre Hände waren ringlos. Die Eheringe hatten die beiden in wortloser Übereinstimmung gleich nach der Trauung in einer Schublade versenkt.

Vor dem Aufzug warteten schon ein paar Gäste. Man kannte sich oder machte sich miteinander bekannt, wobei, wie üblich, keiner die Namen der anderen verstand – oder sofort wieder vergaß.

Oben wurden sie sehr herzlich begrüßt. Konrad stellte seine Freundin vor und die beiden Frauen musterten sich mit freundlicher Neugier. Sie waren einander, trotz des Altersunterschiedes in gewisser Weise ähnlich. Beide groß und schlank. Vera hatte ihre Haare hochgesteckt, was ihre Figur noch ein bisschen reckte. Anna trug das Haar bürgerlich normal – nicht zu lang und schlicht. Man sah ihr den teuren Friseur deutlich an.

Aus den Atelierräumen drang schon laute und flotte Musik. Konrad hatte für den Start des Festes einen Helfer engagiert, der die Sekttabletts kreisen ließ. In der Küche war ein üppiges kaltes Büffet aufgebaut. Auch ein riesiger Suppentopf stand auf dem Herd.

Nach und nach trafen weitere Gäste ein, unter anderen auch Christoph mit seiner Braut, und es wurde allmählich richtig voll. Alle zog es natürlich auch nach oben und es hagelte Komplimente.

Herbert, der beim Bau ihres Wohnhauses eine Menge gelernt hatte, war begeistert und gratulierte seinem Architektenfreund zu seinem gelungenen Bau.

Anna schaute mit Vera auf das inzwischen hell aufflammende Lichtermeer der Stadt. Vera erzählte von ihrem eigenen Haus und der wunderbaren und spannenden Planungs- und Bauzeit. Die beiden Frauen schienen einander zu mögen und Vera freute sich schon jetzt darauf, Anna und ihren Freund bald einmal bei sich zu empfangen.

Das Fest kam jetzt richtig auf Touren. Die Gespräche wurden lauter und die ersten Gäste tanzten. Als Herbert seine Vera gerade zu einem ersten Tänzchen führte, erschien noch ein später Gast. Er kam allein und wurde ihnen als Viktor B. vorgestellt. Er war wohl in Herberts Alter, obschon man ihn wegen seines schütteren blonden Haares und seiner legeren Kleidung durchaus auch für etwas älter halten konnte.

Herbert tanzte mit Vera, was traditionell sehr gut ging. Es war immer wieder erstaunlich, wie locker und leichtfüßig Herbert trotz seiner schwerknochigen Figur über die Tanzfläche schwebte. So mochte Vera ihn am liebsten.

»Kanntest du den Viktor B.?«, fragte Vera.

»Noch nie gesehen. Er ist wohl eine Neuentdeckung – wahrscheinlich ein Bekannter von Konrads neuer Freundin. Wie findest du denn Anna?«

»Sehr nett und sehr apart«, sagte Vera. »Ich habe eben eine ganze Weile mit ihr geplaudert. Sie ist sehr natürlich und scheint sich mit Konrad wohl zu fühlen – obwohl sie kein Wort darüber verloren hat.«

»Die ist aus einem ›guten Stall‹, das fällt einem sofort auf« sagte Herbert. »Die beiden passen – zumindest nach dem ersten Eindruck – gut zusammen.«

»Ja«, so Vera, »ein strahlend schönes Paar.«

Dann schlenderten sie, mal zusammen, mal einzeln, durch die Gästeschar. Vera hatte ein wenig getrunken und wurde immer wieder zum

Tanz gebeten. Sie sah den »Neuen«, Viktor B., mit den Gastgebern in einer Sesselecke sitzen und plaudern. Viktor hatte, soweit sie das beobachten konnte, noch nicht getanzt. Er schien sehr ruhig und unaufgeregt zu sein. Manchmal schaute er sie an und ihre Blicke trafen sich.

Vera versuchte sich im Beruferaten. Ein Künstler war Viktor wohl nicht, dafür war er zu gediegen gekleidet. Hatte er etwas mit Geld zu tun oder war er etwa gar Jurist?

Am Essens-Buffet standen sie plötzlich nebeneinander. Er half ihr beim Füllen des Tellers – er selbst nahm eine Suppe. Sie ließen sich zusammen auf einer der breiten, mit Kissen bestückten Fensterbänke nieder – im Rücken die erleuchtete Stadt.

Obwohl sie den Eindruck hatte, dass sie ihm gefiel, machte er keinerlei Komplimente und vermied auch den üblichen Party-Schnickschnack. Er wies auf einige markante Punkte der erleuchteten Stadtsilhouette hin und fragte dann nach ihrem Haus. Er hatte von Konrad einiges über den Neubau erfahren. Der hatte von ihrer Familie erzählt. Also fragte er auch nach ihren Kindern.

Vera gab bereitwillig Auskunft. Viktor machte Eindruck auf sie. Sie, die sonst so frei und locker zu reden wusste, war auf merkwürdige Weise gehemmt. Seine sichere und unaufgeregte Art machte sie selbst unsicher. Aber sie ließ sich nichts anmerken.

Dann wurde sie von ihrem eigenen Mut überwältigt und bat ihn, mit ihr zu tanzen. Es war ein langsamer Tanz. Viktor tanzte gut. Er führte seine Partnerin sicher und leicht, sprach hier und da ein paar Worte. Vera fühlte sich eigenartig und unwirklich. Auch sie sprach kaum, überließ sich einfach den rhythmischen Bewegungen.

Das war ihr noch nie passiert, dass ihr die Worte fehlten. Vera war verstummt. Aber es war ein schönes, sehr angenehmes Schweigen und sie wünschte sich, dass die Musik nicht aufhören möge. Da sie schon ein bisschen getrunken hatte, war sie in akuter Gefahr, sich an Viktor anzulehnen. Aber sie war wachsam und vermied es ängstlich. Irgendwie ging so ein Respekt von ihm aus, obwohl er kein bisschen arrogant zu sein schien. Obendrein roch er extrem gut und männlich mit einem Hauch eines exquisiten Parfums.

Der Tanz ging dann doch zu Ende. Wie benebelt suchte Vera ihren Herbert und fand ihn, inzwischen schon leicht angetrunken, allein in einer Fensterecke.

»Na, wie tanzt er denn, der ›Neue‹«, fragte er launig.

»Gut«, antwortete sie einsilbig.

»Ich habe euch beobachtet. Geredet habt ihr ja so gut wie nicht – ist er ein Schweiger?«

»Weiß' nicht«, kam ihre kurze Antwort.

»Wenigstens weiß ich jetzt, wer er ist und was er macht«, sagte Herbert.

Vera fragte nicht, obwohl sie gespannt war.

»Bist du denn gar nicht neugierig? Also – Konrad hat erzählt, dass Viktor Wirtschafts-Journalist bei einer großen Zeitung ist, viel ins Ausland reist und nach einer geschiedenen Ehe allein lebt«, berichtete Herbert.

20

Anna ging mit Konrad am Meer spazieren. Es war ein Alltag – sie hatten sich einfach mal »frei genommen«. Konrad liebte es, wenn Anna ihn mit ihrem Wagen chauffierte. Überhaupt fuhr er nicht gerne. Er betrieb auch keinen Auto-Kult.

Sie trafen sich jetzt immer häufiger. Das Zusammensein nahm schon eheähnliche Züge an. Man sprach auch von der Zukunft. Konrad war gerade vierzig Jahre alt geworden – Anna würde ihm in drei Jahren nachfolgen.

Obwohl sie sich nichts sehnlicher wünschte, als ihre Verbindung auch durch eine Heirat zu besiegeln, vermied sie es ängstlich, darüber zu sprechen. Sie kannte ihn schon recht gut, meinte sie. Sie wusste, dass er Bindungsängste hatte, und sie selbst war ja auch durch ihren früheren ehelichen Fehlversuch ein gebranntes Kind.

Konrad hatte seine diversen Intim-Beziehungen immer an der Oberfläche gehalten. Keine seiner bisherigen Freundinnen hatte er ernsthaft an seinem Innenleben teilnehmen lassen, und die Vorräte an Gemeinsamkeiten waren jeweils schnell erschöpft gewesen.

Das war jetzt anders. Er vertraute Anna mehr als allen anderen Menschen, die ihn umgaben, und hielt sie für ernsthaft und ehrlich. Er sprach mit ihr auch von seinen Nöten und Ängsten.

Anna sah, dass er keineswegs der strahlende Held war, als der er bei all seinen Erfolgen in der Öffentlichkeit wahrgenommen wurde. Gelegentlich kam er richtig ins Grübeln und wurde dann fast schwermütig. Manchmal schien es Anna, dass ihn Dinge bedrückten, über die er nicht sprechen mochte. Oft war er wie abwesend. Sie liebte ihn dann um so mehr und hatte geradezu mütterliche Gefühle, die sie allerdings klug zu verbergen wusste.

Sie waren auf dem Strandweg nahezu alleine. Gelegentlich blieben sie stehen, um sich zu umarmen und zu küssen. Dann kehrten sie in einen kleinen Gasthof ein und bestellten einen Imbiss. Sie saßen einander gegenüber und schauten sich an.

Ja, dachte Anna, sie liebte ihren Konrad schon sehr und hätte sich überhaupt nichts anderes mehr vorstellen können, als diesen Mann mit seiner Mischung aus erfolgreicher Außendarstellung und schwermütigem Innenleben zu begleiten.

Als er dann erstmalig von Ehe sprach, hüpfte ihr Herz vor Entzücken. Aber er malte sich selbst und ihr die ganzen Schwierigkeiten in eher dunklen Farben aus. Da gab es ja die bekannten Gefahren, die aus dem ständigen Zusammensein fast zwangsläufig entstünden. Außerdem war da ihr Sohn Moritz, den er zwar gern hatte und der ihn wohl auch inzwischen als eine Art Vater-Ersatz betrachtete.

Anna hielt ihre Begeisterung klug zurück und meinte nur, dass man es ja mit zwei Wohnungen, eben wie bisher, versuchen könne.

Dann könne man es auch ganz lassen, meinte Konrad.

Sie kamen zu keinem Ergebnis. Nur in einem Punkt waren sie sich einig, nämlich, dass sie einander liebten und auf jeden Fall, wie auch immer, von einer gemeinsamen Zukunft ausgehen wollten.

21

Anna saß mit ihrem Vater am Abendbrottisch. Sie war sein einziges Kind und nach dem frühen Tod seiner Frau, sein wesentlicher menschlicher Bezugspunkt. Das Desaster ihrer Ehe hatte er traurig und mit tiefem Bedauern erlebt. Seitdem galt sie ihm als eher scheu und, in Bezug auf Männerbekanntschaften, als zurückhaltend und vorsichtig. Dabei erschien sie ihm schöner als je zuvor, arbeitete erfolgreich in seiner Bank und nahm bei häufigen Einladungen am gesellschaftlichen Leben teil.

Als sie die Mitte der Dreißiger erreichte, glaubte der Vater nicht mehr an eine neue Verbindung und sah ihre Zukunft als seine legitime und tüchtige Nachfolgerin.

Dann kam Konrad, von dessen Erfolg er schon über seine diskreten Geschäftskanäle gehört hatte. Allerdings hatte er von Insidern auch Merkwürdiges gehört, mit seiner Tochter aber nie darüber gesprochen.

Da sie ihm jetzt beim Abendessen von ihren Gesprächen mit ihrem Freund erzählte und davon, dass man auch über eine eventuelle Heirat gesprochen habe, wurde er hellhörig.

»Warum wollt ihr es denn nicht bei der lockeren Verbindung belassen? Solche Beziehungen sind doch heute gang und gäbe und durchaus auch gesellschaftsfähig.«

»Warum sollten wir? Natürlich haben wir auch über die Gefahren gesprochen, die aus der großen und dauernden Nähe einer Ehe entstehen oder zumindest entstehen können. Wir sind ja nicht blauäugig und auch nicht mehr die Jüngsten!«, sagte Anna.

Der Vater nickte und sah sie mit ernstem Blick an. Sollte er denn den Spielverderber spielen und mit seinem Geheimwissen ihre offenbar starke Liebe beschädigen? Bisher hatte er mit keinem Wort davon gesprochen. Aber da sie nun von Heirat sprach, fühlte er sich geradezu verpflichtet, ihr die Augen zu öffnen.

»Es schmerzt mich, dass ich dir jetzt etwas sagen muss, das dich erschrecken wird«, sagte der Vater.

»Du meinst seine vielen bisherigen Liebschaften?«

»Nein, das ist es nicht.«

»Sondern?«, fragte Anna nun doch ernsthaft besorgt.

Der Vater druckste noch ein bisschen herum – dann sagte er: »Konrad ist ein Spieler, was nur ganz wenige Leute wissen. Er spricht mit niemandem darüber und verbirgt die Sache vor der Öffentlichkeit.«

Anna lachte ihren Vater aus: »Das weiß ich doch längst, er hat gelegentlich davon gesprochen und auch davon, dass er schon als Student dauernd in Geldnöten gewesen sei. Aber er hat mir auch gesagt, dass er zwar gelegentlich ein Spielchen mache, die Sache aber heute weitgehend im Griff habe«.

»So, hat er das gesagt?«, antwortete der Vater. »Dann hat er dir nicht die Wahrheit gesagt oder mit einem alten Trick die Wahrheit hinter einer Halb- oder Teilwahrheit versteckt.«

Anna fand ihren Vater plötzlich ganz abscheulich. Wollte er ihr denn ihr Lebensglück vermiesen? War er gar eifersüchtig und wollte sie für sich behalten? Solche Fälle sollte es ja geben, wusste sie. Aber der Vater blieb ganz ernsthaft und rückte jetzt mit seinem ganzen Wissen heraus.

»Dein Freund spielt sehr häufig, entweder schon Nachmittags – er hat ja inzwischen einen tüchtigen Büroleiter – oder nach den diversen Einladungen in der Nacht.«

»Aber ich bin doch so oft mit ihm zusammen, das würde ich doch merken«, zweifelte Anna noch einmal.

»Nachmittags bist du nie mit ihm zusammen und ihr verbringt auch nicht jede Nacht miteinander. Glaube mir, echte Spieler lassen sich nicht in die Karten schauen und wissen ihr Laster geschickt und raffiniert zu verbergen.«

Und dann erzählte der Vater von seiner Jugendzeit. Er habe einen Freund gehabt, einen hoffnungsvollen Schauspieler. Der habe sich in Grund und Boden gespielt, jeden Abstinenzversuch wieder abgebrochen, seine Karriere vertan und später mit Gelegenheitsjobs sein Leben gefristet.

Anna war am Boden zerstört. Jetzt wusste sie auch Konrads gelegentliche Zerstreutheit zu deuten und seine verschwommenen Auskünfte über seine Tagesabläufe, nach denen sie oft liebevoll und arglos gefragt hatte.

Der Vater legte noch einmal nach. »Das Gefährliche an Konrads Spiel ist, dass er um extrem hohe Summen spielt. Natürlich gewinnt er auch hier und da, aber jeder Kenner weiß, dass man in diesen Spieltempeln auf die Dauer nur verlieren kann. Jetzt hat er sich auch noch den teuren Hochhausanteil gekauft, auf Kredit natürlich, das ist ja ganz normal und würde bei seinem Erfolg auch gut gehen. Aber das andere! Ich sehe schwarz für ihn.«

Woher er das denn wisse, fragte Anna. Das roch ja nach Spionage und sie fand das alles ganz furchtbar. Die Tatsache sowieso. Aber auch, dass der Vater hinter ihrem Rücken Konrads Leben ausforschte.

Trotzig erklärte sie ihrem Vater, dass sie Konrad nun einmal liebe und daran würde sich auch nichts ändern. Sie wolle aber vorsichtig versuchen, ihn von seinem gefährlichen Weg abzubringen. Der Vater sah sie nur traurig und zweifelnd an. Sie würde es nicht schaffen, aber vielleicht versetzte ja die Liebe wirklich Berge, wie ein ähnliches Sprichwort sagte. Er wünschte ihr aufrichtig Glück und Erfolg bei ihrem Bemühen.

Für Anna war eine ganz neue Lage entstanden. Sie musste sich mit einer Materie auseinandersetzen, die ihr völlig fremd war. Natürlich wusste sie von Glücksspielen aller Art und war auch gelegentlich mit Freunden, nach einem Essen oder einer Einladung, in einem Casino gelandet. Und wie alle anderen hatte sie zum Spaß ein paar Chips gesetzt – aber eigentlich ohne besonderen Impuls und ohne Lust.

Die besondere und spannende Atmosphäre, von der man immer hörte, hatte sie dabei nicht empfunden. Sie empfand das dortige Treiben eher als langweilig.

Auch Dostojewskis »Spieler« hatte sie nur als literarische Möglichkeit gesehen. Das »Spieler-Schicksal« des Autors allenfalls als interessante historische Randnotiz registriert. Kurz gesagt: Alles was mit Casino und Glücksspiel zu tun hatte, war ihr wesensmäßig völlig fremd und unverständlich.

Und nun dieses: Die unmittelbare Konfrontation mit dem Thema in ihrem allernächsten Umfeld mit offenbar höchster Gefährdung ihres Liebsten und eben auch ihrer ersten wirklich großen Liebe.

Obschon sie in ihrem Innersten die düsteren Mitteilungen des Vaters und insbesondere die Bedrohungen, die daraus entstehen könnten, immer noch nicht wahrhaben wollte. Es konnte doch einfach nicht sein, dass ein Mensch wie Konrad, der so klug und erfolgreich war, sich ernsthaft in Gefahr befand und, so der Vater, offenbar willenlos einem Laster frönte, das womöglich sein Leben zerstören würde. Wie eben der junge Schauspieler, von dessen Katastrophe der Vater gesprochen hatte.

Was sollte und könnte sie denn nur tun? Klar war, dass Konrad niemals etwas von ihrem Gespräch mit dem Vater erfahren durfte. Von ihrem Geheimwissen durfte er auch nichts wissen. Sie empfand es auch nach wie vor, bei aller Liebe zu ihrem Vater, als fast unanständig, wie es zustande gekommen war. Andererseits musste sie ihm Vater ja dankbar dafür sein, dass er sie aufgeklärt hatte über die Tatsachen und vor allem die drohenden Gefahren. Der Vater hatte natürlich vor allem an seine Tochter gedacht. Er wollte sie schützen. Aber Anna dachte nur an ihren gefährdeten Freund und natürlich an ihre nun ernsthaft bedrohte Beziehung.

Sie fuhr für einen Tag ans Meer – sie musste mit sich allein sein. In ihrem normalen Umfeld hatte sie ja keine Ruhe zum Nachdenken. Ihr Söhnchen Moritz hatte sie der Kinderschwester überlassen.

Aber auch am Meer fand sie keine Muße – im Gegenteil. Ihre Erinnerung an den schönen Tag mit Konrad, der nur ein paar Tage zurücklag, machte sie traurig und erst recht hilflos.

Immerhin wurde ihr folgendes klar: Sie konnte von sich aus bei Konrad das Thema nicht anrühren. Das würde ihn nur misstrauisch machen und womöglich Vertrauen zerstören. Also blieb nur eins: Sie musste auf einen »günstigen« Zufall hoffen oder eben darauf, dass ihr Freund von sich aus das Thema anrühren würde. Die Gelegenheit dazu würde sich schon bald ergeben – leider war der Anlass alles andere als glücklich.

22

Konrad war Frühaufsteher. Im Normalfall schlief er seit Jahren ziemlich exakt sechs Stunden – meist von 24 Uhr bis sechs Uhr. Er stand dann sofort auf. Im Winter, wegen der Dunkelheit ein wenig später.

Obendrein gönnte er sich – auch schon seit vielen Jahren – ein kurzes Mittagsschläfchen. Er brauchte diese Pause unbedingt zum Auftanken seines Kräfte-Haushalts. Fiel diese Mittagspause aus Zeit- oder anderen Gründen aus, so war er für den Rest des Tages unleidlich und unproduktiv.

Nach dem Aufstehen folgten die üblichen morgendlichen Verrichtungen mit knappem Frühstück und ausführlicher Zeitungslektüre. Die Zeitungen brachte ihm der Zeitungsbote gegen reichliches Trinkgeld jeden Morgen mit dem Lift hoch und warf sie vor seine Büro-Eingangstür. Das alles und noch mehr in seinem Leben hatte fast pedantische Züge und entsprach durchaus nicht dem Bild, das sich die Menschen vom Tagesablauf und ganz allgemein den Lebensgewohnheiten »freischaffender« Menschen machen.

Diese strenge Selbst-Disziplin brauchte Konrad unbedingt als Gegenposition zu seiner von ihm selbst als »Folter« bezeichneten Spielleidenschaft. Es war in letzter Zeit schlimmer geworden. Er spielte ja schon, mit damals noch kärglichen Mitteln, seit seiner Studentenzeit – also seit 15 Jahren. Lange hatte er geglaubt, dass er das Laster dann in den Griff kriegen würde, wenn er beruflich einigermaßen etabliert und damit auch weitgehend ausgefüllt wäre. Das Gegenteil war eingetreten. Mit den höheren Einkünften spielte er auch um höhere Summen – und er wusste, wie gefährlich diese Entwicklung für ihn war.

Zum Glück hatte er wenig Zeit für seine Eskapaden und er hatte Anna, die ihn allein durch ihre Existenz vor allzu schlimmen Ausbrüchen schützte. Er musste sie wohl irgendwann einmal in seine zweite Existenz einweihen, dachte er. Sie sollte nicht auf Umwegen davon erfahren.

Die Gefahr einer Entdeckung war zwar nicht besonders groß, da ihn im Casino kaum jemand kannte. Besonders Nachmittags, eine seiner bevorzugten Spielzeiten, war er mehr oder weniger inkognito. Er kannte zwar alle Dauergäste vom Sehen, aber niemand kannte ihn – so hoffte er.

Konrad arbeitete immer allein. Im Penthouse hatte er sich auf der Nordseite einen Arbeitsplatz mit einem großen und mehreren kleinen Tischen sowie verstellbaren Pinn-Wänden zum Aufhängen von Zeichnungen und Skizzen eingerichtet.

Mindestens einmal am Tag ging er nach unten und schaute über die Tische seiner Mitarbeiter. Für die Erörterung von internen und längerfristigen Planungen bat er jeweils seinen Büroleiter nach oben.

Heute Morgen ging es ihm schlecht. Er hatte nach einer Einladung bei Freunden einen Trip ins Casino gemacht und wieder den ganzen Horror des verhassten und begehrten Glücksspiels erlebt.

Ein Auf und Ab von Euphorie und Depression – dicht zusammengepresst auf die drei Stunden von Mitternacht bis zur Casino-Schließung um drei Uhr. Und er hatte hoch verloren – wieder einmal. Nach einer anfänglichen Gewinnphase war er total eingebrochen.

Nach solchen Abstürzen schlief er trotz Tabletten schlecht und unruhig. Er fühlte sich dann den ganzen folgenden Tag wie zerschlagen.

Trotzdem hatte er die Zeitungen hereingeholt und dann, gegen 8.30 Uhr seinen Büroleiter telefonisch gebeten, dass man ihn nicht stören möge – er habe in Ruhe zu arbeiten. An Arbeiten war allerdings nicht zu denken. Er musste einen solchen Tag irgendwie hinter sich bringen, schonend essen, einfach nur ruhen und vielleicht gegen Nachmittag ein bisschen spazieren gehen.

Manchmal verfluchte er seine Wohnsituation, so schön und attraktiv sie auch war. Trotz seines funktionierenden Systems von Arbeits-Delegation und seiner perfekten Tarnung wünschte er sich dann, an einer ganz anderen Stelle, mehr oder weniger inkognito, zu wohnen.

Auch Anna machte ihn besorgt. Er konnte sie an einem Tag wie heute unmöglich treffen – obwohl sie ihn in ihrer Ahnungslosigkeit um ein Treffen gebeten hatte. Manchmal hasste er sie dann. Obwohl sie weder etwas wusste noch ahnte, fühlte er sich unfrei und von ihr kontrolliert oder auf unschuldige Weise unter Druck gesetzt.

Er haderte auch mit sich. Wie war er nur an diese Folter geraten, obwohl er doch aus einem so braven, dazu christlichen Elternhaus kam und ein solch zwiespältiges Leben in keiner Weise erblich vorausbestimmt war. Als Student hatte er gelegentlich gescherzt, dass wohl unter seinen Vorfahren ein unsolider und würfelnder Landsknecht gewesen sein müsse.

Konrad war inzwischen auch besorgt wegen seiner wirtschaftlichen Lage. Er hatte sich ja mit dem Hochhaus-Anteil hoch verschuldet und war deswegen darauf angewiesen, immer gut mit Aufträgen versorgt zu sein, was bisher auch gut klappte. Was aber, wenn es irgendwann nicht mehr so gut liefe und er an seine Kreditgrenzen stieße?

Unausgeschlafen und desolat, wie er sich an Tagen wie heute fühlte, beschlichen ihn Angstgefühle und Visionen von Absturz und Unglück, denen er sich kaum entziehen konnte. Er musste, so sagte er sich immer wieder, diesen selbstzerstörerischen und dunklen Teil seines Lebens unbedingt abschütteln, sonst würde er irgendwann daran zugrunde gehen.

Auch um seine Gesundheit machte er sich Sorgen. Er hatte kürzlich, bei der nächtlichen Rückfahrt von einem Casino-Trip einen Schwächeanfall erlitten. Er konnte sich gerade noch, mit äußerster Anstrengung, auf einen Parkstreifen retten. Für solche Fälle, auch nach besonders anstrengenden und aufregenden Arbeitsbesprechungen, hatte er immer ein Röhrchen mit Valium-Tabletten dabei. Die Beruhigungspille hatte ihn auch nach dem Anfall wieder aufgerichtet.

Aber er fühlte sich gewarnt und hatte auch seinen Arzt konsultiert. Er hatte zwar nichts von seiner Zockerei erzählt, aber gelegentliche Überanstrengungen eingeräumt. Der Arzt riet ihm das Übliche – alles ruhiger angehen lassen, weniger Hektik, noch mehr delegieren, gesund essen und möglichst einigermaßen geregelt leben ...

23

Anna war über Konrads Absage zu einem Treffen bestürzt. Normalerweise hätte sie ein solcher Vorfall nicht ernsthaft beunruhigt. Es war immer mal vorgekommen – meistens waren plötzliche Termine oder dringende Arbeiten die Gründe gewesen. Das war jetzt anders. Sie wusste davon, dass Konrad am Abend zuvor eingeladen war – das hätte wohl einer dieser vom Vater beschriebenen Anlässe für einen nächtlichen Spielbank-Besuch sein können.

Das Telefonat war kurz gewesen. Konrad war zwar nicht unfreundlich, aber irgendwie kurz angebunden. Sie ahnte, dass es ihm, falls sie mit ihrem neuen Wissen und ihrer Vermutung recht hatte, heute schlecht ginge und sie ihm nicht helfen könnte. Sie war unglücklich. Überhaupt, kam es ihr in den Sinn, passierte in letzter Zeit vielerlei Befremdliches. Das war für sie in ihrer abgesicherten bürgerlichen Existenz eine neue Erfahrung.

So hatte sie gerade, total überrascht, erfahren, dass Herberts junge Frau fremdginge – und zwar mit ihrem alten Freund Viktor. In ihren exquisiten großbürgerlichen Kreisen wurde offiziell nie geklatscht.

Trotzdem erfuhr man über jeden so gut wie alles. Anna hatte noch gar keine Gelegenheit gehabt, mit Konrad darüber zu sprechen.

Was war denn nur los? Überall herrschte Unordnung und Abenteuer. Sie hatte Konrads Geburtstag im Neubau noch in lebhafter Erinnerung, zumal es ihr erster Auftritt als Konrads Gefährtin gewesen war. Und da hatte sie auch bemerkt, dass Viktor, dem sie in jüngeren Jahren auch schon einmal gefährlich nahe gekommen war, ein Faible für Vera gezeigt hatte. Sie kannte seine Anziehungskraft auf Frauen jeglichen Alters. Viktor war nicht so ein öder und einspuriger Trophäensammler, von denen es ja leider allzu viele gab und die sie immer gelangweilt hatten.

Viktor überzeugte einfach durch seine souveräne und ruhige Art. So war es ihm mit der jungen Vera wohl auch ergangen. Anna hatte natürlich gesehen, dass beide einige Male miteinander getanzt hatten und dass sich die junge Frau in den Armen und Bewegungen des erfahrenen Mannes augenscheinlich wohl fühlte.

Konrad hatte am anderen Tag gesagt: »Herberts Frau Vera ist ja voll auf Viktor abgefahren.«

»Und Viktor«, hatte Anna gefragt, »war der auch beeindruckt?«

»Ich glaube schon«, so Konrad. »Ist ja auch eine reizvolle Frau – und wenn man die beiden Männer so miteinander vergleicht, so wundert man sich ja nicht. Herbert ist ja doch, trotz seines vielen Geldes eher steif und ein bisschen ländlich geblieben.«

»Ich denke, du magst und schätzt Herbert – hast du das nicht immer gesagt? Und auch als Bauherr hatte er dich doch überzeugt mit seinem Verständnis für deine architektonischen Vorstellungen«.

»Natürlich, aber das eine hat ja nichts mit dem anderen zu tun – und du darfst auch nicht vergessen, dass es sich bei den beiden um eine Zwangsehe gehandelt hat – aus Unerfahrenheit und Leichtsinn geschlossen.«

»Ja, du hast Recht«, so Anna, »und dann kommt so ein Weltmann wie Viktor daher und macht natürlich Eindruck. Aber sie wird wohl wissen, was sie tut – mit ihren zwei Kindern.«

»Das weiß ich nicht – jedenfalls habe ich die beiden beim Atelierfest auf der Terrasse in inniger Umarmung beobachtet.«

»Na ja, das bedeutet ja nicht besonders viel – der Alkohol und die nächtliche besondere Stimmung sind halt Hemmungskiller – das muss man nicht überbewerten«, hatte Anna das Gespräch damals abgeschlossen.

Sie waren danach einmal bei Herbert und Vera zum Abendessen geladen. Zwei andere Paare aus Herberts Tennisclub waren ebenfalls dort. Vera hatte vorzüglich gekocht und dafür Komplimente eingeheimst. Wo sie das denn mit ihren jungen Jahren gelernt habe, wurde sie gefragt. Kochkurs oder Kochbuch? Das auch, aber nicht nur. Von ihrer Mutter habe sie allerdings nichts gelernt. Das meiste sei Selbststudium. Ansonsten war der Abend, außer dem vorzüglichen Essen und der interessanten Hausbesichtigung, eher steif verlaufen.

Am Verhalten der Gastgeber war ihnen jedenfalls nichts besonderes aufgefallen. Sie waren so sachlich und unherzlich miteinander umgegangen, wie man es von ihnen gewohnt war.

24

Wir müssen uns Vera wieder zuwenden. Sie ist total durcheinander, bewahrt nach außen aber Haltung. Sie kümmert sich in gewohnt resolut-herzlicher Weise um ihre Kinder und versieht korrekt und umsichtig ihre hausfraulichen Pflichten.

Mit Ehemann Herbert pflegt sie das eingeübte freundlich-desinteressierte Nebeneinander. Die sexuellen Kontakte der beiden sind auf ein absolutes Minimum geschrumpft.

Seit Konrads Atelierfest lebt Vera auf zwei Ebenen – sportlich ausgedrückt lebt sie zwischen Pflicht und Kür …

Viktor beherrscht ihre Gedanken. Seit sie ihn kennt, weiß sie erst, was zwischen zwei Liebenden geschieht. Er hat ihr die Augen geöffnet und in beunruhigender Weise von ihrem Wesen Besitz ergriffen. Sie liebt ihn – mit Verliebtheit ist ihre Gefühlslage nicht mehr ausreichend erklärt. Obschon er, trotz aller Nähe, immer ein bisschen zurückgenommen wirkt, hat sie sich ihm total geöffnet. Beim Atelierfest hatte alles angefangen. Nach dem ersten, fast wortlosen und schwebenden Tanz und dem kurzen Gespräch mit Herbert wäre Vera am liebsten nach Hause gefahren, um sich die schöne Erinnerung zu bewahren. Aber Herbert wollte überraschend noch bleiben. Er war ziemlich betrunken und für seine Verhältnisse redselig. Er tanzte auch betrunken noch gut genug. Für ihn war Tanzen eine besonders vergnügliche Art von sportlicher Betätigung und weniger eine erotische Möglichkeit.

Viktor tanzte fast nur noch mit Vera, die nun auch ihre strenge Zurückhaltung aufgegeben hatte. Sie schmiegte sich geradezu in Viktors Arme und Bewegungen. Zum Glück machten es die meisten der tanzenden Paare kaum anders, so dass ihr Verhalten nicht besonders auffiel.

Es war ganz offensichtlich, dass die beiden Gefallen aneinander gefunden hatten. Viktor fand Vera in ihrer noch jugendlichen Art einfach hinreißend und Vera war überwältigt von Viktors Charme und seiner besonderen Ausstrahlung. Das hatte sie noch nicht erlebt. In ihrer mit Geld gespickten kleinen Welt mit ungeliebtem Mann und den beiden Kindern war sie ja mehr oder weniger isoliert. Und nun dies ...

Obschon sie nur wenig getrunken hatte, fühlte sie sich wie benommen und hoffte, dass die Nacht nicht vorübergehen möge. Irgendwann war sie mit ihrem Dauertänzer, der auch nur wenig trank, nach draußen gegangen. Die Nacht über der erleuchteten Stadt war noch mild und etliche Gäste flanierten oder diskutierten in kleineren Gruppen. In dunkleren Bereichen sah man auch knutschende Paare.

Viktor hatte sie auch geküsst – sie hatte ihn sogar keck darum gebeten. Sie wunderte sich über ihren Mut – aber Viktor hatte sich nur zu gerne bitten lassen. Was sollte nur werden, wenn diese Nacht zu

Ende ginge. Sie meinte und wünschte, dass es dabei nicht bleiben dürfe. Wie das aber gehen solle, das wusste sie nicht.

Die Nacht ging dann doch zu Ende und man war ohne besondere Erklärungen auseinander gegangen. Im Taxi, dass sie zur Heimfahrt genommen hatten, versuchte Herbert, der vom wilden Tanzen und Trinken animiert war, sich Vera zu nähern. Aber sie gab sich spröde und uninteressiert. Sie hätte ihn heute nicht ertragen ...

25

Viktor war für vier Tage verreist – seine Zeitung hatte ihn als Korrespondenten zu einem Wirtschafts-Kongress ins Nachbarland geschickt. Vera wusste, dass er heute zurückkommen wollte. Aber sie würde ihn nicht sehen können, obschon ihre Sehnsucht nach ihm durch die geographische Entfernung noch gewachsen war. Der Kongress hatte ihren wöchentlichen festgelegten Liebes-Termin verhindert.

Vera saß wieder an ihrem Lieblingsplatz im Innenhof des Hauses und träumte. Ihr Leben hatte sich total verändert. Seit einem halben Jahr war sie nun Viktors heimliche Geliebte, und ihr Leben war schwierig geworden. Sie empfand es als schwer erträglich, dass sie hier in ihrem »goldenen Käfig« eingesperrt war. Um ihren Liebhaber zu treffen, hatte sie mit konspirativer Energie einen bestimmten Nachmittag der Woche zur nicht näher bestimmten privaten Nutzung festgelegt. Dann kam jeweils ihre Mutter zur Beaufsichtigung von Haus und Kindern. Die tat das überaus bereitwillig, weil sie ihre Enkel gerne hatte und sie jede Abwechslung in ihrem Witwen-Dasein begrüßte.

Wenn Vera ihren Liebsten nach der Rückkehr vom Kongress treffen wollte, musste sie sich etwas Besonderes einfallen lassen. Überhaupt empfand sie ihre Lage als kompliziert und aufregend zugleich. Was sollte sie nur machen – so konnte es ja unmöglich weitergehen. Sie wollte aber unbedingt, dass es weiterginge und wenn sie in Viktors Armen lag, hatte sie noch jedes Mal alle Schwierigkeiten vergessen.

Nach dem Atelierfest hatte sie unbedingt mit einem Anruf von Viktor gerechnet – es konnte doch nicht sein, dass eine solche herzliche und verliebte Begegnung ohne Folgen und Fortsetzung bleiben würde. Aber der Anruf kam nicht und sie hatte in ihrem Inneren nach den Gründen geforscht.

War Viktor nur einfach zu diskret und wollte peinliche Situationen vermeiden? Es war ja gewiss nicht sein erstes Erlebnis dieser Art. Wer wusste denn, was ihm dabei früher schon alles widerfahren war?

Oder hatte dem erfahrenen Mann der flirrende Abend genügt und er hatte ihn als eine hübsche Arabeske seines an erotischen Situationen gewiss reichen Lebens betrachtet? Oder spekulierte er ganz einfach und ließ ihr, wie schon beim ersten Kuss, den Vortritt?

Wie dem auch sein sollte: Vera hatte forsch die Initiative ergriffen. Sie rief ihn an, und Viktor schien hoch erfreut zu sein.

Man traf sich schon bald in seiner schönen Altbauwohnung und Vera verlor zum zweiten Mal ihre Unschuld. Nachdem sich seine Wohnungstür hinter ihr geschlossen hatte, waren sie einander in die Arme gestürzt. Es war wie ein Rausch, und leidenschaftlich hatten sie voneinander Besitz ergriffen.

Viktor war ein wunderbarer Liebhaber. Sie hatte es gewusst und gab sich ihm hemmungslos und gierig hin. Sie musste flüchtig an das »Luderchen« aus ihrer Gymnasialklasse denken, die ihr in ihrer derben Art vom Unterschied zwischen »Bumserei« und zärtlicher Liebe erzählt hatte. Diese Erfahrung durfte sie nun auch machen, und sie dachte schon jetzt mit Schrecken an die Fortsetzung ihres Ehelebens.

Der schöne Nachmittag war zu Ende gegangen. Vera musste nach Hause, um ihre Mutter von der Kinderaufsicht zu erlösen. Und dann würde ja auch bald ihr Mann Herbert nach Hause kommen und sie hätte sicher große Mühe, das Gesicht zu wahren. Sie meinte, dass man ihr den leidenschaftlichen Nachmittag anmerken müsse.

Sie jedenfalls, dachte sie, hätte so etwas bestimmt gemerkt. Denn sie roch ja noch am ganzen Leib nach ihrem Geliebten. Sie meinte sogar, dass ihre Kleider den besonderen Duft von Viktors Wohnung angenommen hätten. Sie hatte, so glaubte sie, eine ganz andere Aura.

Aber da bestand keine Gefahr. Herbert fehlten in solchen Dingen ganz einfach Sensibilität und Phantasie. Er war von seinen Geldangelegenheiten so in Anspruch genommen, dass er mit der häuslichen Situation, wenn schon nicht glücklich, so doch zufrieden war. Jede Veränderung hätte er als lästig und störend empfunden. Der Gedanke, dass seine junge Frau eventuell ganz anders empfand, kam ihm nicht. Er meinte, dass sie ihm für den üppigen Lebens-Rahmen, den er ihr bot, eigentlich dankbar sein müsse.

26

Der Kongress hatte nicht viel Konkretes erbracht. Wie bei solchen Mammut-Veranstaltungen üblich, hatte eine endlose Kette von Rednern in unterschiedlicher Weise den Zusammenhalt der westlichen Wirtschafts- und Wertegemeinschaft beschworen. Es kam Viktor vor, als habe er all das schon oft gehört. Neu war höchstens, dass man nun ernsthaft über die Erweiterung der Allianz gesprochen hatte. Befürworter und Bedenkenträger hatten einander als Redner abgelöst.

Viktor verfasste seinen Bericht und telegrafierte ihn an seine heimatliche Redaktion. Dann ging er mit einem befreundeten Berufskollegen essen. Die Hauptstadt war für ihre erstklassigen Restaurants bekannt. Aber man aß nur ein paar Kleinigkeiten, denn es war spät geworden.

Viktor war froh, nicht allein zu sein, obschon ihn das Routine-Gespräch mit seinem Bekannten langweilte. Immerhin lenkte es ihn von seinen Privat-Problemen ab. Die Affäre mit Vera machte ihm zu schaffen. Natürlich war er verliebt, und zwar bis über beide Ohren. Sie war aber auch ein allerliebstes Geschöpf und nahm schon jetzt in seinem nicht gerade ereignisarmen Leben eine bedeutende Rolle ein. Aber das gerade bereitete ihm auch Sorgen. Schließlich war er ja ein bedeutendes Stück älter als Vera, und ob er es nun wahrhaben wollte oder nicht, fiel ihm bei der ganzen Geschichte wohl ein besonderer Teil der Verantwortung zu.

Obwohl er einverstanden gewesen war und es genoss, stand aber fest, dass sie sich ihm geradezu an den Hals geworfen hatte. Das hatte Viktor zwar als spontan und erfrischend empfunden, aber auch als Eingeständnis ihrer familiären und häuslichen Situation, über die sie offen gesprochen hatte.

Natürlich konnte man eine solche Liebesgeschichte eine lange Zeit bei diskretem und vorsichtigem Verhalten »unter dem Deckel« halten. Was aber, wenn die Geschichte aufflöge? Man wusste nicht, wie sich der Ehemann verhalten würde angesichts der familiären Situation mit den zwei kleinen Kindern.

Sorgen machte sich Viktor auch deswegen, weil Vera im Ernstfall ja völlig blank dastand. Er wusste, dass sie damals die Schule abgebrochen hatte und außer ihrem Status als Ehefrau und Mutter nichts vorweisen konnte. Käme es also, bei aller Diskretion, zu einem Eklat, so müsste wohl er sie auffangen.

Wollte er das? Eigentlich war ein solcher Fall nach der früheren Ehescheidung in seiner Lebensplanung nicht mehr vorgesehen. Was also tun? Eine sofortige und baldige Trennung wollte er nicht – er hätte sie als barbarisch empfunden angesichts ihrer beider starken Gefühle.

Also weitermachen mit der Gefahr eines Eklats oder einer Entwicklung der Beziehung zur allmählichen Gewohnheit? Mit diesen sorgenvollen Gedanken fuhr er heim und war dann froh über ihren Anruf. Und Vera machte sich in ihrer einfallsreichen Weise für den nächsten Nachmittag frei, der dann stürmischer verlief als je zuvor. Alle Bedenken und Sorgen waren zunächst hinweggefegt.

27

An ihrem vierzigsten Geburtstag hat Anna ihren Freund Konrad geheiratet. Der Vater war absolut dagegen gewesen. Aber er hatte resigniert. Er kannte seine Tochter. Wenn sie von der Richtigkeit einer Entscheidung überzeugt war, konnte sie niemand davon abbringen.

Dabei war ihr der Entschluss keineswegs leicht gefallen, weil Konrads Lebensumstände ihr großen Anlass zur Sorge gaben. Aber sie liebte ihn eben und sah in der Verbindung mit ihm, so problematisch sie auch war, ihre letzte Möglichkeit zu einer engagierten Lebensgemeinschaft.

Würde sie vor dieser Chance zurückweichen, dachte sie, dann würde ihr Leben in eine langweilige, vorgegebene Sicherheitszone einmünden, in der es an nichts fehlen würde – außer an Liebe und Lebendigkeit.

Ihre letzten drei Jahre mit Konrad waren turbulent und teilweise dramatisch verlaufen. Sie hatte ein ganzes Jahr nach den Eröffnungen ihres Vaters auf eine Chance zu einem klärenden Gespräch mit Konrad gewartet. Aber dieser hatte sich nicht geäußert und sie fand keine Gelegenheit zum Sprechen. Sie wusste von ihm, dass sein Büro hervorragend lief und er sich inzwischen vor den vielen Aufträgen kaum retten konnte. Es war wie häufig in solchen Fällen: Der Erfolg gebar den Erfolg!

Aber Anna beobachtete immer öfter, dass ihr Freund sich offenbar nicht recht an seinem Erfolg erfreuen konnte. Er erschien ihr häufig als fahrig und zerstreut. Das hätte sie ohne ihr Geheimwissen als normale Anzeichen von Überarbeitung gewertet. Aber sie wusste es nun einmal und hörte jetzt auch gelegentlich Stimmen aus ihren »Kreisen«, die von Konrads geheimem Laster sprachen.

In ihrer Überempfindlichkeit meinte sie auch hier und da schon ein gewisses Bedauern über ihre Situation herauszuhören. Das empfand sie als heuchlerisch und unangemessen.

Konrad hatte auch von seiner angespannten Gesundheit erzählt und auch von dem Schwächeanfall bei einer Autofahrt. Natürlich hatte er den Zusammenhang mit der aufregenden Casino-Nacht verschwiegen.

Abgesehen von solchen Sorgen und Beobachtungen war ihre Beziehung nach wie vor von warmherziger und vertrauensvoller gegenseitiger Zuneigung erfüllt. Man nahm, so häufig es möglich war, gemeinsam am kulturellen Leben teil. Konrads besondere Liebe zur Musik und Annas bevorzugte Neigung zum Sprechtheater ergaben auch ein reizvolles und fruchtbares gegenseitiges Austauschen der Interessen.

Ihr Liebesleben war nach wie vor sehr erotisch und die etwas spröde Anna fühlte sich in Konrads kräftigem sexuellen Verlangen gut aufgehoben.

Dann kam kurz vor Konrads 41. Geburtstag der große Knall: Anna wurde um ein Uhr nachts telefonisch aus dem Schlaf gerissen. Es meldete sich die Leitung des Spiel-Casinos.

Ihr Freund war zusammengebrochen und hatte nur wortlos einen Zettel mit ihrer Telefonnummer aus seinem Jackett gezogen. Anna war schockiert, aber sie sammelte sich und zwang sich zu ruhigen Reaktionen. Sie wusste, dass sie jetzt gefordert war und, so die Sache gut ausginge, auch eine Chance zu Gesprächen und Abstimmung erbringen würde.

Als sie am Casino eintraf, hatte sich Konrads Befinden bereits ein wenig gebessert. Trotzdem war er kaum in der Lage zu Erklärungen. Anna bestand darauf, die Klinik aufzusuchen. Dort wurde Konrad für ein paar Tage aufgenommen, um einen Total-Check durchzuführen.

Anna wich, sofern ihre persönlichen Dinge ihr Zeit ließen, nicht von seiner Seite. Dabei sprachen sie wenig – das würde man später tun. Konrad musste erst wieder auf die Beine kommen. Anna sagte nur immer wieder:

»Mein armer Liebling – du machst ja Sachen!«

»Ich weiß«, sagte er nur, »es ist schrecklich – wir müssen unbedingt reden!«

»Später, mein Schatz. Erst muss es dir wieder besser gehen!«

Die Untersuchungen ergaben keine dramatischen Befunde. Leicht erhöhter Blutdruck, leichte Herz-Rhythmus-Störungen und eine Überempfindlichkeit des Nerven-Systems. Kein großer Anlass zur Sorge, meinten die Ärzte. Nur etwas kürzer treten, ein paar Tabletten, dann würde es schon wieder werden.. Ein paar zusätzliche stressfreie Tage könnten nicht schaden.

Diese Empfehlung hatte Anna sofort aufgegriffen. Sie überredete Konrad dazu, mit ihr ein paar Tage an die Küste zu fahren. Er könne heute noch die nötigen Dinge mit seinem Büro besprechen. Sie selbst würde sich auch frei machen und Moritz versorgen.

Die Tage am Meer würden sie für intensive Gespräche nutzen und dann vor dem Wochenende zurück fahren. Konrad war einverstanden. Er hatte noch von der Klinik aus sein Büro notdürftig über seine Situation informiert, ohne detaillierte Erklärungen. Konrad hegte schon lange die Befürchtung, dass sein besonderer Lebenswandel bis in sein Büro durchsickern könne. Bis jetzt schien das nicht so – oder die Mitarbeiter verbargen ihr Wissen. Aber er wusste ja, dass mit jedem weiteren Casino-Trip die Gefahr einer Bloßstellung zunahm. Und die würde sich mit Sicherheit ungünstig auf das Arbeitsklima auswirken.

Deshalb kam Konrad die geplante Kurzreise gerade recht. Sie bot ihm die Chance zum »Auspacken«. Er hatte schon lange auf eine

Gelegenheit gewartet, Anna in sein Doppelleben einzuweihen. Dass diese Gelegenheit so spektakulär ausgefallen war, konnte er nun nicht mehr ändern. Vielleicht würde aber gerade die Dramatik des Geschehens sich auch günstig auf ihre Gespräche auswirken. Da gab es nun nichts mehr zu deuteln oder zu beschönigen. Die Fakten waren eindeutig und verlangten nach Erklärungen und wenn möglich auch Entscheidungen. Er hatte dann zwar eine Mitwisserin, aber eine liebevolle. Ob aber Anna mit ihrer völligen Unkenntnis vom Glücksspiel und seinen Gefahren ihm würde helfen können – da hatte er doch Zweifel. Nach seinen Erfahrungen konnte ein normaler Mensch, also ein Nichtspieler, einen Spieler, also einen echten Spieler, niemals verstehen.

Der Nichtspieler, also sicher auch Anna, sah nur die immer gleichen monotonen Abläufe am Spieltisch mit den immer gleichen 36 Zahlen und den paar technischen Besonderheiten. Er konnte diese Monotonie nur als öde und langweilig empfinden, und Anna hatte sich ja auch schon einmal in diesem Sinne geäußert.

Wie sollte er ihr dann plausibel machen, dass man diese scheinbare Monotonie nicht nur als spannend empfinden, sondern ihr sogar total verfallen könne – und das bis zur vollkommenen Abhängigkeit.

Konrad sah den Küsten-Gesprächen deshalb eher skeptisch entgegen. Zwar war er froh, dass er endlich darüber sprechen konnte, also nicht mit seinem Laster ständig alleine war – aber Hoffnung auf Besserung oder gar Heilung versprach er sich nicht davon.

28

Vera war genervt. Sie hatte gerade den traditionellen Kindergeburtstag hinter sich gebracht – für sie eine vierstündige Tortur. Ulrich war zehn Jahre alt geworden und würde bald auf das Gymnasium wechseln. Vera hatte ihn mit Mühe darauf vorbereitet.

Solche Dinge hingen immer nur an ihr – Herbert kümmerte sich kaum oder nur am Rande um dergleichen. Und sie machte ja all diesen »Kinderkram« auch ohne seine Mithilfe inzwischen routiniert und in ihrer sachlich-herzlichen Weise immer richtig.

Die Kinder folgten ihr, zumindest bis jetzt, ohne dass sie zu betont pädagogischen Methoden greifen musste. Da unterschied sie sich von ihrem Ehemann, der immer noch nicht wusste, wie man am besten mit den Kindern umginge. Er würde das wohl nie lernen, dachte Vera.

Herbert war froh darüber, dass seine resolute Frau ihm mit ihrer umsichtigen Art den Rücken frei hielt und dankte es ihr auf seine Weise – indem er ihr gelegentlich ein besonderes Geschenk machte – und das nicht nur zu bestimmten Anlässen.

Vera empfand es auch als dankenswert, dass er sich so gar nicht für ihr Innenleben interessierte und damit auch keine Veränderungen an ihr wahrnahm. Sie wunderte sich darüber, dass Herbert selbst nach einem ganzen Jahr offenbar nicht den Hauch einer Ahnung von ihrem Doppelleben hatte.

Sie hatte ihre inzwischen totale sexuelle Verweigerung mit körperlich-seelischen Veränderungen begründet, die mit ihr vorgegangen seien. Mochte er sich doch die nötigen Erleichterungen woanders holen, dachte sie. Gelegenheit dazu würde er sicher finden in seinen Sportvereinen. Und Herbert war gewiss mit seiner Sportlichkeit und Kraft für manche Frau aus demselben Milieu durchaus ein vorstellbarer Partner.

Sie wünschte es sich geradezu, dass er auf diese Weise von ihr abgelenkt würde. Da war sie von berechnender Schläue und Verschlagenheit. Auf die Weise würde sie ja, dachte sie, von ihrem eigenen ehebrecherischen Gebaren entlastet, wenn denn ihre Affäre mit Viktor trotz aller Vorsicht irgendwann aufflöge.

Am Abend nach dem Kinderspektakel saß Vera ermattet in ihrem Sessel. Die Kinder waren im Bett. Als Herbert nach Hause kam, war Vera bereits in ihrem Lehnstuhl eingeschlafen.

Er begrüßte seine Frau in gewohnt nüchterner Weise, holte einen guten »Weißen« aus dem Keller und setzte sich zu ihr. Er war ungewohnt aufgeräumt. Der Tag war offenbar erfolgreich verlaufen. Dazu hatte er am frühen Abend einen Dauerrivalen endlich wieder einmal beim Tennis besiegt und dann mit seinem Gegner vorzüglich gegessen.

»Wie war es denn – hat der Nachmittag dich geschafft«, begann Herbert das Gespräch, »oder war es ein Selbstläufer?«

»Es ging, man kriegt ja Routine und muß die frohe Kinderschar nur tüchtig beschäftigen und reichlich mit Limo und Kuchen abfüttern! Und wie war es bei dir?«, fragte sie beiläufig und ohne besondere Neugier.

»Eigentlich ziemlich gut. Du weißt ja – obschon es dich ja nicht besonders interessiert – dass die Börse derzeit gut läuft und dann ist ein alter Geldschneider wie ich ja per se schon ziemlich gut gelaunt. Und es gibt im Tennisclub ja immer den neuesten Klatsch zu hören. Nach dem Motto: ›Jeder über Jeden‹!«

»Und – gab es denn Interessantes zu hören?«

»Ja, und zwar etwas sehr Trauriges, und es hat mich ziemlich getroffen«, so Herbert. »Denk nur, Konrad ist im Spiel-Casino zusammengebrochen und Anna musste ihn dort abholen und in eine Klinik bringen.«

»Oh Gott«, so Vera, »was sind denn das für schreckliche Sachen? Wusstest du denn davon, dass Konrad spielt, oder war das ein Zufallsbesuch?«

Herbert sagte ihr, dass er schon lange von Konrads Spielleidenschaft wisse. Schon als Student habe er gezockt und ihm auch davon erzählt. Damals war aber alles noch harmlos und lief neben all dem Studentenkram, wie Knobeln und Kartenspielen mit. Aber inzwischen sei es wohl ernster geworden und mehrere Bekannte hätten erzählt, dass Konrad inzwischen Dauergast im Casino sei und dort um ziemlich hohe Summen spiele.

»Die arme Anna«, sagte Vera, »wie wird die denn damit fertig? Die beiden wollten doch sogar bald heiraten. Hast du das nicht mal erzählt?«

»Ja, das ist sicher ein schwerer Schlag für sie, obschon sich Konrad angeblich von seinem ›Unfall‹ wieder erholt hat. Aber man weiß ja von Spielern, dass sie nur schwierig oder gar nicht von ihrem Laster loskommen.«

»Du bist doch auch ein Spieler«, so Vera, »wo ist denn da der Unterschied?«

»Na ja, irgendwie hast du schon Recht, aber an der Börse geht es doch um handfeste Dinge, also Firmen und klar umrissene Werte. Im Casino geht es aber nur um ›heiße Luft‹. Spekulativ ist natürlich beides, und man kann sich sowohl auf die eine wie auf die andere Weise ruinieren«, so Herbert.

»Das ist ja für Anna ganz furchtbar. Sie ist ja eine so geradlinige und seriöse Frau und bei all ihrer Schönheit und Eleganz offenbar das genaue Gegenteil ihres Freundes Konrad«.

»So sehe ich das nicht. Ich finde, dass die beiden ganz ausgezeichnet zusammen passen. Äußerlich sowieso – sie sind ja ein sehr attraktives Paar und wie man hört, haben sie auch ähnliche Interessen, zum Beispiel im kulturellen Bereich. Aber da ist eben die Sache mit seiner Zockerei. Das könnte schon ein ernstes Problem für die beiden werden, oder es ist bereits eines«, schloss Herbert das Gespräch ab.

Herberts Mitteilungen über ihre besten Freunde hatten Vera nachdenklich gemacht. Sie hatte die beiden immer ein wenig beneidet. Wenn es denn überhaupt so etwas wie ein »ideales Paar« geben könnte, was sie nicht annahm, so hätten Konrad und Anna diesem Bild wohl am ehesten entsprochen. Zumindest der Vergleich mit ihrer eigenen Situation legte eine solche Sicht nahe. Zwar konnte sie die Dimension der Schwierigkeiten nicht ermessen, in der die beiden jetzt offenbar steckten, da sie, ähnlich wie Anna, keine Ahnung vom Glücksspiel und den Gefahren hatte, die daraus erwachsen konnten.

Die Begriffe »Zusammenbruch« und »Klinik« hatten sie aber aufgeschreckt. Wie konnte es denn sein, dass hinter dieser Aura von Erfolg und Glück eine solche offenbar ernste Gefahr steckte?

Ihre Gedanken glitten dann zu ihren eigenen Problemen hinüber. In ihrem Leben war ja auch nichts in Ordnung. Oder es war nur eine Scheinordnung, die jederzeit durch irgendeinen dummen Zufall zusammenbrechen konnte. Und selbst dann, wenn ihr Geheimleben mit ihrem Geliebten unentdeckt bliebe, war ja alles verworren und auf längere Sicht unbefriedigend.

Zwar liebte sie ihren Viktor nach wie vor über alle Maßen und lebte, wenn sie ehrlich zu sich selbst war, nur im Hinblick auf den einen Liebesnachmittag in der Woche. Aber trotz ihrer fehlenden Erfahrung in solchen Dingen spürte sie, dass die Dinge auf die Dauer so nicht weiterlaufen konnten.

Für ausführliche Gespräche über die Zukunft ihrer Liebesbeziehung blieb den beiden aber kaum Zeit. Die wenigen Stunden ihres jeweiligen Zusammenseins waren sie ja ausschließlich mit ihren Liebesspielen beschäftigt und der gegenseitige Hunger aufeinander wurde durch die wöchentliche Unterbrechung ihrer Beziehung immer aufs Neue angefacht.

Vera hatte auch nicht den Eindruck, dass ihr Geliebter übermäßig scharf auf General-Debatten war und offenbar mit der Situation ganz zufrieden schien. Manchmal, wenn sie wieder alleine war, ärgerte sie sich über ihren Freund. Sie dachte, dass ja die Situation für ihn äußerst bequem sei. Er hatte eine junge Geliebte, die ihn abgöttisch verehrte und ihm jede Woche mit Haut und Haaren zur Verfügung stand. Aber was tat Viktor in der übrigen Zeit? Gewiss erzählte er hier und da ein wenig von seinem Berufsleben, aber sprudelnd mitteilsam war er ja nicht gerade.

Er hatte überall Freunde und war viel auf Reisen. Auch gesellschaftlich schien er gut eingeführt zu sein. Und dass er auf Frauen anziehend wirkte, hatte sie ja am eigenen Leibe erfahren. Wieso sollte sie dann die Einzige sein, fragte sie sich zweifelnd.

Gewiss, Vera glaubte schon, dass Viktors Gefühle zu ihr echt waren. Aber konnte es nicht sein, dass nach einem guten Jahr ihrer Verbindung in ihm eine gewisse Neigung zu Alternativen oder gar Parallelsituationen entstehen würde, während sie selbst total an ihn gebunden war?

Wenn Vera sich in diese Bedenkenwelt richtig hineinbohrte, wurde sie abwechselnd traurig und wütend. Sie fand das alles ungerecht und würde auch bei Gelegenheit die Sprache darauf bringen.

29

Vera lag glücklich ermattet in Viktors Armen – der erste heftige Ansturm war vorüber. Dieser Augenblick des Ausruhens und der seligen Erschöpfung zählte für sie zu den schönsten Momenten ihres Liebes-Nachmittags. Aber heute, das hatte sie sich ja vorgenommen, wollte sie mit ihrem Freund auch »reden«.

»Mein süßer Schatz«, flötete sie ihn an, »bist du eigentlich noch richtig glücklich mit unserer Beziehung?«

»Aber das weißt du doch wohl«, antwortete er erstaunt, »läge ich sonst hier mitten in der Woche an einem helllichten Nachmittag mit dir im Bett, was mich jedes Mal, genauso wie dich, organisatorische Anstrengungen kostet?«

»Ja, ja, das ist schon klar, aber das meine ich nicht!«

»Sondern?«

»Ich meine, ob du mit deiner viel größeren Erfahrung glaubst, dass man bis in alle Zeiten so weitermachen kann?«

»Bis in alle Zeiten sicher nicht«, scherzte Viktor, »dann sind wir alle gestorben.« Dann ernsthaft: »Aber was meinst du denn – was macht dir Sorgen? Die Angst vor Entdeckung und der dann wahrscheinliche Skandal?«

»Das auch – aber ich meine etwas anderes. Ich meine unsere unterschiedlichen Ausgangspositionen. Ich bin in meine Familie mit den Kindern fest eingebunden und schneide mir mit Mühe diesen einen Nachmittag in der Woche aus meinem Alltag heraus.«

»Aber das tue ich doch auch und es kostet mich gelegentlich große Mühe«, so Viktor.

»Das ist aber auch schon alles – im Übrigen bist du weitgehend ungebunden, genießt auch wohl dein Leben als allseits begehrter Einzelgänger.«

»Wirfst du mir das vor? Menschen befinden sich doch immer, außer vielleicht in früher Jugend, in unterschiedlichen Positionen, und wenn sie sich dann kennen- oder gar liebenlernen, wie in unserem Fall, dann werden irgendwann, nach dem ersten Stadium der Liebes-›Verblödung‹ die Status- und Situationsunterschiede deutlich und bekommen Relevanz.«

»Du bist aber doch offenbar ganz zufrieden mit unserer Situation. Du hast eine junge Geliebte, die dich verehrt und begehrt und darüber hinaus dein ausgefülltes Berufsleben und deine ja offenbar ganz gut funktionierende private Welt – während ich immer wieder in die nach außen zwar heile aber in Wirklichkeit unglückliche Privatsituation zurückfalle.«

»Und, was meinst du, sollen wir tun? Willst du die Geschichte beenden?«, fragte Viktor.

»Nein, um Gottes Willen, dann würde ich ja sterben und hätte gar nichts mehr, woran ich mich aufrichten kann.«

»Aber was dann, da du ja offenbar mit dem jetzigen Status nicht mehr zufrieden bist?«

»Ich meine«, so Vera, »dass eine so innige und heiße Beziehung auch eine gewisse Außendarstellung braucht – ich möchte, salopp formuliert, auch mal mit dir ›angeben‹ und mich an deiner Seite zeigen.«

»Aber wie soll das gehen? Wir sollten doch froh sein, dass man uns noch nicht auf die Schliche gekommen ist.«

»Das stimmt schon, und das soll auch so bleiben. Aber es soll noch etwas hinzukommen, mehr oder weniger offiziell. Gelegentliches gemeinsames Auftreten, Restaurants, Theater, Konzerte und so weiter – du bist dann eben, halb offiziell, mein ›Kultur-Freund‹.«

»Und dein Mann, was wird der dazu sagen?«

»Was soll er schon sagen?«, so Vera. »Er hat ja auch mit all seinen Geschäften und vielfältigen sportlichen Aktivitäten sein eigenes Leben. Außerdem muß er ja nicht alles wissen. Im Lügen bin ich versiert. Da habe ich im Zusammenleben mit meiner Mutter vieles gelernt. Ich bin in die hohe Schule der Lüge und des Opportunismus gegangen. Wir haben uns gegenseitig ständig etwas vorgemacht. Meine Mutter zeichnete mit zunehmendem Abstand vom Tod meines Vaters ein immer freundlicheres Bild von ihm und vor allem ihrem gemeinsamen Eheleben. In Wirklichkeit hat sie seinen frühen Tod, zumindest zum Teil, mit ihrem zänkischen Gebaren und ihrem dauernden Mäkeln mitverschuldet. Und ihren Lügen habe ich meine entgegengesetzt. Opportunistisch – schließlich war ich auf sie angewiesen – und lügenhaft habe ich meinen Vorteil gesucht und sie ständig über meine wahren Beweggründe hinters Licht geführt.«

Vera hatte sich richtig in Rage geredet. Da hatte sich offenbar einiges angestaut und sie schien froh, darüber einmal reden zu können.

»Und mit so einer versierten Lügnerin habe ich es zu tun«, scherzte Viktor, »und liebe sie auch noch. Hoffentlich wendet sich deine spezielle Begabung nicht eines Tages gegen mich und damit gegen uns.«

»Ganz bestimmt nicht«, so Vera, »Du bist der einzige Mensch, dem ich vertraue. Dich könnte ich niemals hintergehen.«

Und dann erzählte Vera, praktisch wie sie war, davon, dass Herbert in Kürze für drei Wochen zu einem Segelwettbewerb führe und da könne man, so Viktor dazu Lust habe, mit der zweiten Schiene, also der Außendarstellung beginnen. Sie freue sich schon darauf.

Viktor hatten die Gedanken seiner jungen Freundin ziemlich überrascht. Er wäre auf solche Ideen nie gekommen, da er seinem Wesen nach eher konfliktscheu war und unnötige Komplikationen hasste. Insofern war er mit dem bisherigen Verlauf ihrer Beziehung auch ganz zufrieden gewesen.

Vera war eine entzückende und begeisterungsfähige Geliebte –

was wollte er mehr? Natürlich wusste er aufgrund seiner Lebenserfahrung, dass eine solche Geschichte irgendwann an ihre Grenzen stoßen würde – doch den Zeitpunkt sah er noch nicht als gekommen an.

Aber irgendwie gefielen ihm Veras Ideen und er war auch eitel genug, um eine gewisse Genugtuung bei der Vorstellung zu empfinden, mit einer so jungen und ansehnlichen Frau in der Öffentlichkeit aufzutreten.

Das wahrscheinliche Gerede der Leute bereitete ihm wenig Sorgen. Da hatte es Vera sicher schwerer.

Man könnte die neue Beziehungs-Variante mit einem Theater- oder Konzertbesuch und anschließendem Restaurantessen beginnen, dachte er. Sobald Vera ihm den Reisetermin ihres Ehemannes bekannt geben würde, könnte er sich um die Organisation des Abends kümmern.

Er war gespannt und freute sich darauf.

30

Konrad erzählte von Kindheit und Elternhaus. Nach einem Spaziergang durch heftigen Sturm und Regen waren die beiden in eine Hafenpinte eingekehrt und saßen einander, wie immer, gegenüber.

Anna hatte ihn zum Reden ermuntert. Es hatte ja wenig Sinn, nur über das Casino-Desaster zu sprechen, von dem sie sowieso wenig verstand. Ursachenforschung war angesagt!

Konrad war Einzelkind und Spätgeborener. Seine Eltern hatten sich Kinder sehr gewünscht. Als sie schon gar nicht mehr damit rechneten und seine Mutter sich bereits den Vierzigern näherte, hatte sich Konrad angekündigt. Die Eltern waren überglücklich und hatten ihren Sohn dann gründlich verpäppelt.

Der Vater war mittlerer Beamter und von überaus korrekter Art gewesen. Die Mutter, auch ein Einzelkind, war musisch begabt und spielte beachtlich gut Klavier. Konrads prägende Kindheits-Erinnerung bestand aus diesem Bild: »Die Mutter am Piano und ihr Söhnchen Konrad zu ihren Füßen.« Er verehrte seine Mutter und liebte sie abgöttisch, was seinen gestrengen Vater beunruhigte. Er glaubte, dass es für den Sohn nicht gut sei, so einseitig auf seine Mutter fixiert zu sein.

Die Gefahr hatte allerdings nie bestanden, da Konrad in Kindergarten und Schule ausgesprochen kommunikativ auftrat und eine Menge Freunde um sich scharte. Mit diesen Freunden veranstaltete er alle möglichen Spiele. Dabei war er immer einer der Eifrigsten und animierte seine Kumpel beständig.

Mit Kugelpicken, Karten- und Würfelspielen aller Art – natürlich auch Ballspielen – hielt er seine Spielkameraden beständig auf Trab und wusste sie immer beharrlich und charmant zu überreden.

Als sie alle ein wenig älter geworden waren und über etwas Taschengeld verfügten, hatten sie auch mit dem Geldspielen angefangen. Natürlich ging es dabei nur um Pfennigbeträge. Aber die Neigung zum Zocken um Geld war schon damals in ihm entstanden. Auch im Familienkreis war er immer die treibende Kraft zu allerlei Würfelspielen gewesen. Sein gestrenger Vater hatte allerdings verhindert, dass auch um Geld gespielt wurde, sehr zum Missfallen seines schon damals in gewisser Weise spielsüchtigen Sohnes.

Die Mutter hatte früh versucht, ihn zum Klavierspiel anzuregen. Sie engagierte einen tüchtigen Lehrer. Aber bereits nach kurzer Zeit habe man die Sache wieder aufgegeben. Konrad erkannte, dass es dabei hauptsächlich um Fleiß und knochenhartes Üben ging und das hatte ihm nicht behagt.

Dagegen hatte er schon früh eine auffallende zeichnerische Begabung erkennen lassen. Er zeichnete nach Fotos und Postkarten Porträts von allen möglichen Verwandten. Und dann hatte es die in solchen Fällen üblichen Ratschläge gegeben: Man müsse den Jungen unbedingt ausbilden lassen – eine solche Begabung müsse doch genutzt werden. Aber niemand wusste so recht, wie. Im späteren

Verlauf seiner Schulzeit sei dann in ihm der Plan zu einem Architekturstudium entstanden.

Anna hatte aufmerksam zugehört und ihn kaum durch Zwischenfragen unterbrochen. Aber nun fragte sie doch:

»Wann warst du denn zum ersten Mal in einem Casino?«

»Ich war im zweiten Semester. Da hat ein betuchter Kommilitone in der Mensa davon erzählt und mich gefragt, ob ich nicht einmal Lust hätte, mit ihm in die Spielbank zu gehen. Ich sagte ihm, dass ich dafür kein Geld übrig habe und ohne Geld könne man dort sicher nicht auftreten. Außerdem würde die Sache gewiss auch Eintritt kosten ...

Ich müsse dort nicht spielen, hat der Kollege geantwortet und den Eintritt würde er gerne für mich bezahlen. Er lud mich ganz offiziell dazu ein.«

»So hat es also angefangen«, sagte Anna, »ein echter Fall von Verführung.«

»So kann man es nennen. Und diese Verführung hatte leider die Folgen, unter denen ich noch heute leide«.

»Und dann kommt man also nicht mehr davon los?«, fragte Anna.

»Das kann man so allgemein nicht sagen. Für die einen bleibt es ein Freizeitspaß mit überschaubarem Einsatz – für die anderen gibt es sozusagen ›lebenslänglich‹.«

»Und du bist demnach ein ›Lebenslänglicher‹?«, so Anna.

»So ist es leider.«

»Aber du weißt doch, dass es dir schadet! Wieso genügt denn diese Einsicht nicht?«

»Genau das ist die Kernfrage der Spielsucht und der Spielsüchtigen. Sie wissen, dass es ihnen schadet und dass schon mathematische Gewissheiten jegliche Erfolgserwartung zur Illusion machen.«

»Und warum spielen sie dann trotzdem? Kein Mensch, außer vielleicht ein Masochist, fügt sich doch selbst wissentlich Schaden zu!«

»Die Spieler, und wenn sie noch so klug und lebenserfahren sind, schalten bewusst dieses Wissen aus. Da sie ja auch gelegentlich gewinnen, hoffen sie, dass sie letztlich auf ›kluge Weise‹ die Wahrscheinlichkeitstendenz überlisten können und ihre ganz persönlichen Intentionen ihnen dabei helfen.«

»Das ist ja wohl wie ein Sog«, sagte Anna.

»Genauso ist es. Die Spieler – ich rede nur von ›echten Spielern‹ – gewinnen gelegentlich. Manchmal auch höhere Summen. Aber die Spielbank ist mathematisch mit ca. drei Prozent im Vorteil. Und dieser zunächst gering erscheinende Vorsprung bewirkt letztlich den statistisch sicheren Gewinn der Bank. Dazu kommt die finanzielle Überlegenheit der Spielbank. Sie kann auch größere Gewinne eines oder mehrerer Spieler locker wegstecken. Die Gewissheit, dass die Sache sich wieder dreht, lässt die Casino-Manager gelassen bleiben. Sie kennen die selbstzerstörerischen Gewohnheiten ihrer Dauerspieler und profitieren davon. Und die armen Spieler ruinieren sich dabei reihenweise. Wie Pferde ins offene Feuer rennen, so taumeln sie freiwillig und bei vollem Bewusstsein in ihr Unglück.«

An diesem Punkt beendeten die beiden das Gespräch. Sie wussten, dass die entscheidenden Fragen noch nicht einmal angerührt, geschweige denn beantwortet waren. Nämlich die nach dem Fortgang der Dinge und nach den eventuellen Möglichkeiten zur Abwendung größerer Gefahren.

Für den Abend hatten sie einen Tisch in einem Fisch-Restaurant bestellt und wollten es sich danach in ihrem netten Hotel-Zimmer gemütlich machen. Konrad fühlte sich erleichtert durch seine Schilderungen. Er hätte ja mit niemand anderem über all das reden können und hatte es auch nie getan. Allerdings war damit rein faktisch ja wenig gewonnen.

Seine Freundin wusste jetzt zwar eine Menge über seine Probleme, würde ihm aber kaum helfen können. Es sei denn, als moralische Stütze bei einem eventuellen ernsthaften Abstinenz-Versuch.

Das war ja das Fatale: Dass die riesige Fraktion der Nichtspieler, zu der Anna gehörte, die überschaubare, aber auch starke Gruppe der Spieler niemals würde verstehen können. Konrad verstand es ja selbst nicht, wurde nur immer wieder vom Spielreiz überwältigt.

Beim Abendessen, unterstützt vom guten Wein, besserte sich ihre Stimmung und sie sprachen über anderes. Anna vermochte sich aber nicht auf das Gespräch zu konzentrieren. Es quälte sie die Vorstellung, dass sie wohl außerstande sein würde, ihrem Freund zu helfen.

Im Hotelzimmer hatte dann die zärtliche und erotische Stimmung zunächst alle bösen Gewissheiten weggewischt. Anna schmiegte sich verliebt und vertrauensvoll in Konrads Arme und sie erlebten den inzwischen schon vertrauten gemeinsamen Liebesrausch. Aber beide waren erfahren genug, um zu wissen, dass die Beunruhigungen sich danach wieder umso stärker zu Wort melden würden.

Anna war zutiefst verunsichert und lag noch lange wach. Ihr Freund Konrad dagegen, offenbar erleichtert durch sein »Geständnis«, schlief ruhig und fest.

Ihrer beider Ausgangslage konnte kaum unterschiedlicher sein. Konrad hatte sich zunächst einmal alles von der Seele geredet und mit Sicherheit in seiner Freundin von nun an eine teilnahmsvolle Mitwisserin gefunden. Mehr aber auch nicht. Er wusste, dass er die dringend nötige Abkehr von seinem selbstzerstörerischen Treiben nur allein und mit einem enormen Willensakt zustande bringen könnte. Anna würde ihn dabei allenfalls moralisch unterstützen und liebevoll begleiten können.

Aber wie sollte sie das machen, dachte sie und wälzte sich unruhig in ihrem Bett hin und her. Am liebsten hätte sie ihren Freund aufgeweckt und ihm einen Schwur abverlangt. Aber das ging wohl nicht – das wusste sie.

Und mit Liebesentzug konnte sie ihm auch nicht drohen. Da würde sie sich ja selbst von ihrer Lebensader abschneiden oder aber Tür und Tor für Lügen, Ausreden und Betrug öffnen.

Das Allerschlimmste war für sie nach wie vor – trotz Konrads umfangreicher Erklärungen – das vollständige Unverständnis vom psychologischen Hintergrund eines Spielers und damit auch der Handlungsweise ihres Freundes. Er war ja dann wohl völlig außer sich, unkontrolliert und dem Reiz des Zufalls total ausgeliefert. So jedenfalls hatte sie ihn verstanden.

Sie kam demgemäß nach ihrem Frühstück und beim morgendlichen Strandspaziergang sofort wieder auf das Thema zurück und Konrad war es auch recht. Er wusste ja, dass die wichtigsten Fragen bisher unbeantwortet geblieben waren.

Anna begann: »Glaubst du denn, dass du die Geschichte so weiterlaufen lassen kannst und sie dabei halbwegs unter Kontrolle behältst? Anders gefragt: Gäbe es denn eine Möglichkeit, die Gefahr einzugrenzen, indem du die Häufigkeit der Casinobesuche verminderst, sagen wir auf einen bestimmten Tag der Woche oder ähnlich, wenn es denn schon nicht ohne geht?«

»Gewiss, das ließe sich schon einrichten, zumal ich ja ohnehin kaum Zeit für dergleichen Eskapaden habe. Aber damit wäre noch nicht viel gewonnen, da man sich auch an *einem* Wochentag ruinieren kann.«

»Und mit einer vorher festgesetzten Summe ginge es nicht? Ich weiß ja nicht, um welche Beträge es da geht – will es auch lieber nicht wissen, da einem Nichtspieler wie mir jeder verjuxte ›Hunderter‹ schon vergeudet erscheint.«

»Ja ja«, sagte Konrad, »das solltest du auch besser nicht wissen, da dir für dergleichen ja jegliches Verständnis fehlt, ja fehlen muß.«

Dann legte Konrad noch einmal nach: »Das Fatale am Spiel ist seine Grenzenlosigkeit. Man kann ein Phänomen wie dieses, das unberechenbar und damit auch absurd ist, nicht mit normalen ökonomischen Prinzipien messen. Das sind zwei völlig entgegengesetzte Dinge, die nichts miteinander zu tun haben. Die Ökonomie folgt weitgehend der Ratio und gewissen Sachzwängen – das Glücksspiel aber eben, wie der Name es schon sagt, dem glücklichen Zufall oder eben seinem Gegenteil.«

»Allmählich beginne ich zu begreifen«, sagte Anna, »das Glücksspiel hat also seine eigenen Gesetze, die nichts mit den unter normalen Menschen sonst üblichen Denkkategorien zu tun haben. Man ist eben dem Spiel völlig ausgeliefert und kann nur tatenlos dem zufälligen Ergebnis entgegensehen.«

»Oder entgegenfiebern«, sagte Konrad, »und wenn höhere Summen auf dem Spiel stehen, taumelt der Spieler ständig zwischen Euphorie und Depression hin und her.«

»Das muß ja krank machen«, so Anna, »und so muss man auch wohl deinen Zusammenbruch begreifen, oder? Die Anspannung hat dich geschafft.«

»Das stimmt. Ich war ohnehin nach einem sehr anstrengenden Arbeitstag mit wichtigen Entscheidungen angespannt und überreizt. Da wollte ich mich bei einem ›Spielchen‹ erholen beziehungsweise ablenken.«

»Und das ist dann total schief gegangen, da du wahrscheinlich verloren und vergeblich gegen die Spielbank angekämpft hast.«

»So war es«, sagte Konrad resigniert.

»Und nun? So kann es doch kaum weitergehen? Eine Einschränkung des Spieles, sagst du, funktioniert nicht. Ich verstehe es nicht, aber ich glaube es dir einfach. Das Weitermachen wie bisher geht aber auch nicht. Deine Gesundheit, deine Karriere und insgesamt dein Ansehen nehmen Schaden und führen dich eines Tages in den Untergang. Sehe ich das einigermaßen richtig?«

»Das siehst du genau richtig«.

»Also bleibt doch nur das Aufhören übrig – ich könnte es nicht ertragen, wenn du sehenden Auges in dein Verderben liefest.«

»Das ist alles richtig, und ich habe es ja auch schon mehrfach versucht, aber da wusste noch niemand anderes davon. Jetzt«, so scherzte Konrad säuerlich, »habe ich ja diese süße Mitwisserin.«

Bei diesen Worten nahm er Anna in die Arme und küsste sie.

»Und diese süße Mitwisserin will ich nicht verlieren«, so Konrad.

»Du verlierst mich nicht – so oder so – aber es könnte mit uns irgendwann schwierig werden, wenn alles so weitergeht«, sagte Anna und dann weiter: »Es hängt demnach alles von deiner Willenskraft ab. Die setzt allerdings voraus, dass du diesen Willen überhaupt hast. Gibt es denn keine andere Möglichkeit? Ich glaube ja, dass dir ein Verzicht schwer fallen würde, nach all den Jahren süchtigen Treibens.«

»Doch«, so Konrad, »es gibt noch eine Möglichkeit – die sogenannte ›Selbstsperre‹.«

Anna erinnerte sich, dass ihr Vater in einem Gespräch diesen Ausdruck gebraucht hatte. Sie hatte aber damals in ihrer Ahnungslosigkeit kaum darauf geachtet.

Nun kam Konrad selbst damit und nun fragte sie auch nach: »Was bedeutet denn Selbstsperre?«

»Das ist ein Vorgang, den die Casino-Betreiber bei der Lizenzerteilung akzeptieren mussten. Wenn ein Spieler wegen Bankrotts oder aus Vorsicht auf eigenen Wunsch vom Spiel ausgeschlossen werden möchte, weil er selbst den Willen zum Verzicht nicht aufbringt, so schließt die Spielbank mit ihm diesen sogenannten Selbstsperrvertrag ab.«

Anna fragte: »Der Spieler wird also auf eigenen Wunsch vom Betreten des Casinos ausgeschlossen?«

»Und aller Casinos im deutschen Staatsgebiet gleich mit«.

»Und das käme wohl für dich nicht in Frage, da du dir eine solche Bankrotterklärung deiner eigenen Willenskraft nicht gestatten würdest«, war sich Anna ganz sicher, »aber im Ernstfall bliebe ja wohl kaum eine andere Wahl, oder?«

»So weit sind wir noch nicht – ich würde es schon lieber, wenn der Entschluss zum Aufhören gefallen ist, aus eigener Kraft versuchen, das verstehst du sicher.«

»Und ob ich das verstehe, soweit glaube ich dich doch zu kennen«, so Anna.

An diesem Punkt endete zunächst das Gespräch. Es war darüber Mittag geworden und sie nahmen in einem einfachen Gasthof einen kleinen Imbiss ein. Danach begaben sie sich wieder zu einem Schmusestündchen in ihr Hotelzimmer und versuchten, ihren Problemen zumindest für eine Weile zu entkommen.

Am Nachmittag gingen sie wieder auf Wanderschaft. Der ruhige und fast menschenleere Strandweg bot die ideale Kulisse für vertiefende Gespräche. Im Laufe des nächsten Tages würden sie zurückfahren. Das war mit den Daheimgebliebenen so abgesprochen.

Konrad sprach überraschend von Heirat. Sie waren inzwischen eine so vertraute Gemeinschaft geworden, dass sich ein engerer Zusammenschluss geradezu aufdrängte – trotz aller Bedenken, die sie bereits früher zu dem Thema diskutiert hatten. Anna war hoch erfreut. Trotzdem kamen ihr Zweifel und sie fragte:

»Hat die besondere Situation deine Vorstellung vom engeren Zusammenschluss gefördert – also dein Zusammenbruch und meine Mitwisserschaft?«

»Das auch, aber ich denke, dass man auch einmal mutig vorangehen sollte. Du bist mir mit deiner Zuneigung so nahe, wie es nie ein Mensch zuvor war, und ich habe mich auch noch niemandem anderen so geöffnet. Ich würde das Wagnis gerne eingehen – wenn du mich noch willst.«

»Und ob ich dich will – niemanden sonst würde ich jemals so sehr wollen«, sagte Anna und schmiegte sich eng an Konrads Schulter.

»Ich habe auch schon ein bisschen nachgedacht über das wie und wo«, sagte Konrad, »wir können ja weder bei dir noch in meinem Penthouse wohnen. Also mieten wir eine große Altbauwohnung. Ein Neubau, wie man es von einem Architekten erwarten könnte, kommt für mich nicht in Frage. Es war schon immer meine Meinung, dass ein Architekt nicht für sich selbst bauen sollte.«

»Wieso denn nicht, wer soll es denn besser können?«

»Ach, das ist eine alte Theorie von mir, mit der ich im Kollegenkreis schon oft angeeckt bin. Es ist ganz einfach inzüchtig – es fehlt dem Planer der Bauherr als Widerpart.«

»Nun gut«, sagte Anna, die das nicht so ganz verstand, »ich habe ja nichts gegen Altbauten. Schließlich wohne ich ja so, seit ich zurückdenken kann.«

»Und es wird dich überraschen«, so Konrad, »ich habe auch feste Vorstellungen von einem Ehevertrag. Bei meinem speziellen Problem ist eine Vereinbarung zur Vermögenstrennung ja zwingend. Ich möchte dich – sollte es wider Erwarten mit mir einmal ›den Bach runtergehen‹, auf keinen Fall mit in den Abgrund ziehen.«

Anna war erschreckt. Sie staunte über Konrads Realitätssinn, obschon das alles ja bitter und gar nicht optimistisch klang, wie es sich für kommende Hochzeiter eigentlich gehört hätte. Aber irgendwie war sie froh über Konrads Erklärungen, da ihr vorsichtiger Vater für den Fall einer Verbindung mit Konrad auch unbedingt dazu geraten hatte.

»Das klingt ja alles ziemlich juristisch und kein bisschen romantisch«, so Anna kokett.

»Dafür, oder gar für falsche Romantik, sind wir beide bereits zu alt und beide auf die verschiedenste Weise vom Leben gebeutelt. Liebe und Vertrauen genügen mir und ich liebe dich, wie keine zuvor«, so Konrad.

Anna drängte sich wieder an ihn. Sie fand ihren Konrad in seiner Mischung aus Sachlichkeit und erklärter Zuneigung einfach hinreißend. Nie zuvor war sie von einem Menschen so überzeugt gewesen, und sie wollte jetzt auch nicht an das Riesen-Problem denken, das sie womöglich gemeinsam zu bewältigen hätten. Sie vertraute darauf, dass die Gemeinsamkeiten des Zusammenlebens sich günstig auf Konrads lasterhafte Neigung auswirken würden.

Dann kamen sie auch schon zur Sache. Überrascht war Anna davon, dass Konrad bereits über Termine und die unausweichlichen Feierlichkeiten nachgedacht hatte.

»Ich denke«, so Konrad, »dass dein vierzigster Geburtstag ein schönes Datum wäre. Das ist noch ein gutes Jahr und gibt uns beiden Zeit, um mit dem Gedanken vertraut zu werden. Auch muß man ja erst eine entsprechende Wohnung finden, die dann womöglich noch hier und da umgestaltet werden muß. Das alles kostet Zeit, und wir wollen ja nichts überstürzen. Es treibt uns ja niemand.«

Anna fand das alles ganz vernünftig, aber sie hätte gerne noch eine Vereinbarung mit ihrem Freund über die Zwischenzeit getroffen. Sie hoffte, dass er sich dazu noch einmal äußern würde und einen Spielverzicht zumindest bis zur Hochzeit angeboten hätte. Aber Konrad hatte das Thema nicht mehr angerührt und Anna wollte es auch nicht tun. Sie wollte ihn nicht unter Druck setzen. Sie sprachen dann noch über die Hochzeitsfeier. Konrad wollte möglichst im kleinen Kreis feiern. Auf jeden Fall Herbert und Vera und wohl auch Viktor und Christoph mit seiner Frau.

»Was hört man denn so von Vera und Herbert«, fragte Konrad, »hast du nicht mal gesagt, dass Vera und Viktor ein Verhältnis hätten?«

»Das ist nicht verbürgt – irgendein Klatschbold hat so etwas geäußert. Du weißt ja, wie das geht. Erst ist es ein Gerücht und dann weiß es irgendeiner plötzlich ganz sicher.«

»Wundern würde es mich ja nicht«, so Konrad. So hatte er sich schon einmal geäußert. »Aber das liegt daran, dass ich mich über nichts mehr wundere in diesem weiten, unüberschaubaren Feld menschlicher Beziehungen und Leidenschaften.«

31

Generalstabsmäßig hatten die beiden verliebten Ehebrecher ihren ersten Außen-Auftritt vorbereitet.

Herbert war zu seinem Segelwettbewerb abgereist. Viktor hatte Karten für ein Konzert in der Philharmonie besorgt. Er holte seine Geliebte ganz offiziell mit seinem Wagen ab. Vera hatte ihren Kindern offen von dem geplanten Abend erzählt, und die fanden wohl nichts dabei.

Ein bisschen Lampenfieber hatte sie dann aber doch. Sie war wieder betont schlicht und elegant gekleidet, was Viktor ja vom Augenblick ihrer ersten Begegnung an beeindruckt hatte.

Man hatte sehr gute Plätze und Viktor grüßte nach allen Seiten. Er war offenbar ziemlich bekannt, während Vera so gut wie niemanden kannte. Entsprechend neugierig erschienen ihr die Blicke der Leute.

Das Konzertprogramm war in der üblichen Weise für das größtenteils konservative Publikum aufgestellt. Zwischen zwei klassische Werke von Beethoven und Brahms hatte man die Erstaufführung eines »Neutöners« geschoben. Vera war keine erklärte Musikliebhaberin – erst recht keine Kennerin.

Die »Leonoren«-Ouvertüre von Beethoven war ihr aber vom Hören her geläufig. Viktor hatte sie darüber aufgeklärt, dass Beethoven für seine einzige Oper »Fidelio« drei Ouvertüren geschrieben habe.

Das abschließende Klavierkonzert von Brahms gefiel ihr, obschon sie es nicht kannte. Mit dem zwischengeschobenen Neutöner wusste sie ebenso wenig anzufangen wie offenbar die Mehrheit des Publikums. Trotzdem gab es verhaltenen Beifall – Buhrufe gab es nicht. Das konservative Publikum äußerte sich nicht gerne heftig und leidenschaftlich. Es war wohl so, dass Konzertbesuche für die meisten eine liebgewordene und konventionelle Übung war. Man nahm daran Anteil – ohne große innere Bewegung.

In der Konzertpause flanierten die Besucher, wie üblich, langsam aneinander vorbei. Vera genoss ihren Auftritt. Viktor war in seiner dezenten Art freundlich und aufmerksam zu ihr.

Beim anschließenden Restaurant-Besuch ging es dann gemütlicher zu. Sie hatten einen netten Zweiertisch, von dem sich der große Raum gut überblicken ließ. Aber hier waren sie offenbar völlig inkognito. Viktor kannte niemanden der Gäste und so konnten sie sich kleinere zärtliche Gesten ungestraft erlauben.

Nachdem Viktor seine Freundin nach Hause gebracht hatte und sie dann alleine in ihrem Lieblingssessel saß, fand sie ihr Leben, gemessen an den Möglichkeiten, richtig rund und zufriedenstellend.

Leider würde es nicht so bleiben, wie sich schon bald herausstellte. Ihr zweigleisiges Leben mit Viktor funktionierte zwar eine längere Zeit ganz gut. Aber dann tauchten Probleme auf.

Natürlich konnte sie die gelegentlichen Ausflüge mit ihrem Freund nicht vor ihrem Ehemann geheimhalten – wollte sie auch nicht verbergen.

In seinem Tennisclub, der offenbar eine Brutstätte des Gesellschaftsklatsches war, hatten Herbert schon bald die ersten Stimmen erreicht, die von einem »Techtelmechtel« seiner Frau mit Viktor B. erzählten. Er sprach Vera darauf auch an.

Sie wählte die Vorwärtsverteidigung. Er sei ja vor einiger Zeit drei Wochen bei dem Segel-Wettbewerb gewesen. Da habe sie Viktor zufällig in der Stadt getroffen, log sie, und mit ihm in einem Café ein Stündchen geplaudert. Viktor habe beiläufig davon gesprochen, dass er zwei Konzertkarten habe. Ob sie nicht Lust habe, ihn dorthin zu begleiten. Und der Abend, mit einem anschließenden kleinen Restaurant-Essen habe ihr so gut gefallen, dass sie Viktor geradewegs gesagt habe, eine solche gemeinsame Kultur-Aktion gerne einmal zu wiederholen, wenn Viktor dazu Lust habe. Und so sei es dann gelegentlich zu solchen Begegnungen gekommen. Das habe sie ihm gar nicht verschweigen wollen.

»Na ja«, hatte Herbert gesagt, »Du bist ja schon bei der ersten Begegnung, während Konrads Atelier-Einweihung, voll auf Viktor B. abgefahren – das war ja nicht zu übersehen.«

»Du kannst ja auch eigentlich nichts dagegen haben, da du ja an Konzert- und Theaterbesuchen kein Interesse hast und ich dafür deinen Sportkram nicht mag.«

»Solange es dabei bleibt«, sagte Herbert, »aber Viktor ist ja ein erfahrener und weltläufiger Mann. Ich kann mir nicht vorstellen, dass es ihn nicht reizen würde, eine soviel jüngere und aparte Frau zu verführen.«

»Du machst ja richtig süße Komplimente. So etwas habe ich ja schon lange oder noch nie von dir gehört«, scherzte Vera, »da muss erst ein anderer Interesse zeigen und schon läufst du für deine Verhältnisse zu großer Form auf«, lachte sie.

»Nun übertreib mal nicht – aber ich weiß schon, was ich an dir habe, wenn ich es auch nicht dauernd zeige. Du weißt ja, dass ich aufgrund meiner persönlichen Entwicklung nicht zu gefühlsmäßigem Überschwang neige. Aber dass du mit großem Geschick die Kinder betreust und auch resolut das Haus führst, das sehe ich schon und weiß es zu schätzen. Im Ernst: Ich wäre sicher zutiefst bestürzt und auch traurig, wenn ich dich an einen anderen Mann verlöre. Ich wüsste auch nicht, wie ich damit fertig würde. Und die Kinder würde es genauso oder noch schlimmer treffen. Solange sie noch nicht flügge sind, wäre es eine Katastrophe«, hatte Herbert ungewöhnlich ernsthaft gesagt.

»Ich würde meine Kinder niemals im Stich lassen, auch in dem von dir konstruierten Fall nicht, es sei denn, du setztest mich vor die Türe.«

»Das hört sich ja so an, als stünde der Ernstfall unmittelbar bevor«, so Herbert.

»Das musst du nicht denken. Ich bin nur genauso konkret auf deine Vorhaltungen eingegangen, weil ich dich in der Beziehung ernst nehme. Im übrigen besteht keine Gefahr, dass sich die gelegentlichen Kultur-Aktionen in eine Liebesaffäre umwandeln. Viktor, so attraktiv und interessant er ja ist, entspricht doch nicht so ganz meinem persönlichen Geschmack. Er ist so abgehoben, gelegentlich auch richtig überheblich. Das ist eigentlich nicht das, was mir behagt«, log Vera ihrem Herbert munter und einfallsreich ins Gesicht.

»Aber als Kultur-Attaché finde ich ihn ganz passabel und ich lerne dabei auch eine Menge. Er ist ja ein so erfahrener und viel gereister Mann. Und du kannst doch eigentlich nichts dagegen haben, dass deine junge Frau sich ein wenig weiterbildet«, schwadronierte Vera munter weiter.

»Habe ich ja auch nicht und da du ja meinen ›Sportkram‹, wie du immer verächtlich zu sagen pflegst, und das dazugehörige Personal so strikt ablehnst, kann man es ja auch akzeptieren.«

Und dann fügte er noch hinzu: »Was die Leute reden, ist mir dann auch egal.«

»Die Leute reden immer, ob sie etwas wissen oder nicht. Der Klatsch ist ja für viele das einzig Interessante in ihren meist eintönigen Lebensabläufen« schloss Vera das Gespräch ab.

32

Das Jahr bis zum geplanten Hochzeitstermin war schnell vorüber gegangen. Es lief alles beängstigend glatt. Annas Vater, der nun schon sehr alte Bankier, hatte für Überraschungen gesorgt. Er hatte seiner Tochter Anna schon seit einiger Zeit die Führung der Bankgeschäfte übertragen, hielt aber immer noch ein wenig »den Daumen drauf«.

Nachdem sogar Konrad von sich aus Vermögenstrennung verlangt hatte, wollte er der Verbindung der beiden nicht mehr im Wege stehen. Er äußerte zwar nach wie vor Bedenken – aber letztlich musste seine selbstbewusste Tochter ja wissen, auf was sie sich da einließ.

Der Vater hatte sich sogar aktiv in die Suche nach einem passenden Domizil für die kleine Familie eingeschaltet. Er fand ein altes Patrizierhaus, das den verheerenden Bombenkrieg unbeschadet überstanden hatte. Der schlaue Fuchs hatte sich sogar etwas Besonderes ausgedacht: Er schenkte den Hochzeitern zu gleichen Teilen das erste Obergeschoß des Hauses, die »belle-etage«, zur Vermählung.

Er hatte sich klug überlegt, dass man den Gütertrennungs-Vertrag nicht auf die gemeinsame Wohnung ausdehnen könne, ohne Anna zu kränken. Die würde niemals zugestimmt haben, dass ihr Ehemann Konrad sozusagen bei ihr zur Miete wohnte.

Anna fand die Wohnung wunderbar und auch der Architekt Konrad hatte begeistert zugestimmt. Es musste auch kaum etwas umgestaltet werden. Alsdann wurde eine Malerfirma damit beauftragt, Wänden, Decken und den schönen Stuckprofilen zu ihrem ursprünglichen Glanz zu verhelfen.

Über Konrads Laster war das ganze Jahr nicht mehr gesprochen worden. Anna hatte den Eindruck, dass Konrad sich selbst Spiel-Abstinenz verordnet hatte. Und in der Tat hatte Konrad durchgehalten. Er hatte ja bei den Gesprächen an der Küste nichts versprochen. Er hatte Angst davor, etwas zu versprechen, das er dann eventuell nicht würde halten können.

Die Feierlichkeiten sollten wieder, und wohl zum letztenmal, in Konrads Penthouse stattfinden. Eine überschaubare Gästeschar garantierte eine zivile und gemütliche Atmosphäre.

Das Penthouse, so hatte Anna gescherzt, solle auch in Zukunft ihrem Ehemann als »Fluchtburg« dienen, wenn ihm seine Frau oder Moritz allzu sehr auf die Nerven gingen. Oder wenn er sich überhaupt einmal zurückziehen wolle. Anna hatte zwar gescherzt, aber sie meinte das gewiss ganz ernst. Sie wollte alles vermeiden, was ihren schwierigen zukünftigen Ehemann in die Enge treiben könnte. Die damit verbundenen Gefahren nahm sie in Kauf. Konrad sollte sich auf keinen Fall kontrolliert fühlen – auch dann nicht, wenn ihn wieder einmal der Spielteufel reiten sollte.

33

Herbert war nach dem Gespräch mit Vera auffallend häuslicher geworden. Er kam jetzt meist schon früh nach Hause und hatte den Wunsch geäußert, dass die Familie gemeinsam zu Abend aß. Er war auch aufmerksamer und bemühte sich um eine lockere und freundliche Atmosphäre.

Ulrich interessierte sich als einziger für die sportlichen Aktivitäten seines Vaters. Er bekam Tennis-Stunden und Herbert übte gelegentlich mit ihm. Das machte den beiden offensichtlich viel Spaß. Der Vater hatte seinen Jüngsten auch einmal zum Fliegen mitgenommen und Ulrich hatte begeistert von dem Rundflug geschwärmt. Mathias hatte eine Anfrage seines Vaters zum Mitfliegen dagegen dankend abgelehnt. Er war ängstlicher als sein draufgängerischer und etwas schlichter Bruder. Er hatte dafür seine Neigung zum Zeichnen und Malen weiter entwickelt und brachte inzwischen beachtliche Resultate hervor.

Vera wusste nicht recht, ob sie sich über die neu entdeckte Familienseligkeit ihres Mannes freuen sollte. Ganz sicher war sein Eifer die Folge ihrer gelegentlichen Alleingänge. Dabei waren die Kultur-Aktionen mit Viktor überschaubar geblieben. Vera hatte den Eindruck, dass ihr Freund an einer Ausweitung nicht interessiert war. Er war wohl sehr beschäftigt und nach wie vor viel auf Reisen.

Ihre »Wonnigen Donnerstage« – so hatten sie ihre intimen Treffs sinnigerweise getauft – fanden dagegen nach wie vor statt. Und sie waren auch nach wie vor herzlich und erotisch. Aber manchmal glaubte Vera in letzter Zeit gewisse Anzeichen für ein Abflauen der Begeisterung bei Viktor zu entdecken.

Sie waren jetzt fast zwei Jahre ein Liebespaar. Konnte es denn sein, dass die große Leidenschaft nach einer solchen Zeitspanne bereits nachließ? Sie jedenfalls konnte an sich selbst keinerlei Nachlassen der Empfindungen feststellen. Dann durfte es doch bei Viktor nicht anders sein, wünschte sie sich.

Vera war auch beunruhigt darüber, dass Viktor so wenig von sich erzählte. So hatte sie nur mit Mühe und hartnäckigem Bohren ein wenig über seine familiäre Herkunft erfahren. Sie dagegen hatte ganz unbefangen über ihre Jugendzeit und die katastrophale Ehe ihrer Eltern gesprochen.

Viktors Eltern hatten es nicht leicht gehabt. Der Vater war Lokal-Redakteur an einer kleinen Provinzzeitung gewesen und im Krieg gefallen. Die Mutter hatte seine ältere Schwester und ihn nur mit Mühe durchgebracht und war früh verstorben. Seine Schwester hatte im süddeutschen Raum eine Familie gegründet.

Viktors Studium hatte ein wohlhabender alleinstehender Onkel finanziert, den er noch gelegentlich traf. Über seine verkorkste Ehe sprach Viktor nur in Andeutungen und Vera hütete sich davor, allzu sehr zu insistieren. Sie konstatierte nur, dass Viktor zwar über allgemeine Themen wie Politik, Wirtschaft und Kultur gerne und pointiert sprach, sich aber im Übrigen eher wortkarg verhielt.

So sprach er auch nicht über persönliche Begegnungen auf seinen Dienstreisen. Vera durfte rätseln, ob sie denn nach wie vor oder überhaupt seine einzige Freundin sei. Eine diffuse Eifersucht auf sein Leben außerhalb ihres kleinen Liebes-Biotops machte ihr zu schaffen. So sah sie in jeder kleinen Begebenheit oder Unaufmerksamkeit gleich Indizien für das Nachlassen seiner Gefühle.

Obwohl sie wusste, dass ihre jetzt immer häufigeren Fragen und Zweifel nur Unheil anrichten würden, konnte sie nicht davon lassen. Beständig verlangte sie von ihm Liebesbeteuerungen, meist scherzhaft verkleidet, aber doch ernst gemeint. Viktor ging auf sie ein und beteuerte genauso scherzhaft, dass sie doch gewiss von ihrer Anziehungskraft überzeugt sei und Konkurrenz nicht zu fürchten brauche.

So hatte Vera den paradoxen Zustand erreicht, dass ihre Beziehung zu Viktor durch ihre geschickten Lügen und Halbwahrheiten vom Ehemann Herbert quasi akzeptiert wurde – die Beziehung selbst aber den ersten nagenden Zweifeln ausgesetzt war. Sie musste fürchten, dass ihre nach wie vor leidenschaftliche Liebe entweder an schleichender Auszehrung oder eines Tages, bei Entdeckung ihrer Camouflage, an einem Eklat scheitern würde.

34

An einem der nächsten Tage kam die Einladung zur Hochzeit der Freunde ins Haus. Herbert hatte schon vorher erzählt, dass Anna und Konrad nun ernst machen würden. Man sprach davon, dass der alte

Bankier sich spendabel gezeigt und dem Paar eine wahre Pracht-Wohnung in einer alten Villa aus der Vorkriegszeit geschenkt habe.

»Was hört man denn so von den beiden. Geht denn dein Freund immer noch ins Spiel-Casino oder hat seine Braut ihm Abstinenz verordnet«, spottete Vera.

»Offenbar hat Konrad nach dem Zusammenbruch die Sache aufgegeben – zumindest vorübergehend. Man muß mal sehen, ob es hält. Man kann den beiden nur wünschen, dass die Sache gut geht.«

»Das gilt aber wohl auch allgemein«, so Vera, »der notorische Individualist Konrad und die selbstständige, aber bereits ehegeschädigte Anna – das wird sicher nicht einfach. Dazu noch Sohn Moritz! Glaubst du denn, dass die beiden noch ein gemeinsames Kind haben werden.«

»Dazu ist es ja wohl zu spät«, antwortete Herbert, »immerhin wird Anna am Hochzeitstag vierzig – und das ist ja das äußerste Alter für ein solches Wagnis. Aber da wollen wir mal lieber nicht spekulieren.«

Dann sprachen die beiden über ein sinnvolles Geschenk und äußerten Mutmaßungen über die Hochzeitsfeier und die zu erwartenden Gäste.

»Konrad hat vor, das Fest im kleinen und persönlichen Kreis zu feiern. Dann wird auch sicher dein ›Kultur-Begleiter‹ Viktor auftauchen«, erzählte Herbert.

»Ich weiß es nicht«, log Vera, »wenn der Kreis so klein ist, wird er womöglich nicht dazu gehören.«

»Das täte mir aber wirklich leid für dich, dann müsstest du am Ende noch mit mir tanzen – wenn denn überhaupt getanzt wird.«

»Kommen denn auch Verwandte von Konrad?«, fragte Vera.

»Das glaube ich nicht – Konrad ist ja auch ein Einzelkind und seine Eltern sind relativ früh verstorben«, klärte Herbert seine Frau auf.

»Wie geht es denn deinem Freund geschäftlich – ist er noch erfolgreich oder hat sich seine inzwischen bekannt gewordene Zockerei schon nachteilig auf sein Ansehen ausgewirkt?«

»Bis jetzt läuft es wohl sehr gut, wie man hört und wie Konrad mir auch erzählte. Er hat ja eben fachlich einen ausgezeichneten Ruf und eine gewisse Schräglage akzeptieren die Leute ja bei einem so erfolgreichen Künstler. Gefährlich wird es wohl erst dann für ihn, wenn er die Dinge so weit treibt, dass ihm die Banken den Geldhahn zudrehen. Der zukünftige Schwiegervater wird sicher nicht helfen. Wie ich den einschätze, wird er wohl auf Gütertrennung bestanden haben. Dann kann er im Ernstfall Tochter und Enkel aus der Schusslinie nehmen«, erklärte Herbert seiner Frau.

35

Das Hochzeitsfest im Penthouse zeigte klar die gestalterische Handschrift der Braut. Anna hatte mit viel Geschmack einen schlichten, aber gediegenen Rahmen geschaffen. Einladungsliste und Tischordnung hatte sie mit Konrad abgestimmt, der seinen persönlichen Arbeitsbereich geschickt mit seinen Stellwänden abgeschirmt hatte.

Die »älteren Semester« markierten die Tischmitte – eine jüngere Schwester des Vaters und zwei Cousinen seiner verstorbenen Frau. Anna hatte aus ihren »Kreisen« ein paar ausgesuchte Freunde eingeladen, darunter natürlich auch Viktor. Konrads junger ehemaliger Kommilitone Christoph sollte ebenfalls dabei sein. Er hatte seine langjährige Braut inzwischen geheiratet – seine Vorliebe für die »Damenjagd« aber beibehalten. Sodann Konrads Bürochef mit seiner jungen Frau. Damit sich Annas Sohn Moritz nicht als einziges Kind zu verloren vorkam, hatten die Hochzeiter die beiden Söhne von Vera und Herbert dazu gebeten.

Also insgesamt ein gut durchmischter Personenkreis.

Anna hatte ihren Vater gefragt, ob er wohl eine Tischrede halten würde. Er hatte zugesagt und sie hatte ihn scherzhaft gebeten, nur ja nicht zu pädagogisch zu werden. Der Vater hatte es lachend versprochen.

Das Fest begann mit einem Mittagessen, das von einer kompetenten Küchen- und Kellner-Crew routiniert abgewickelt wurde. Zuvor hatten Herbert und ein Cousin Annas die Trauzeugen auf dem Standesamt gespielt. Eine kirchliche Feier fand im allseitigen Einverständnis nicht statt.

Beim Mittagessen ging es freundlich, aber ein bisschen steif zu. Daran konnte auch die launige Tischrede des alten Bankiers nicht viel ändern. Die Kinder waren froh, als sie nach dem leckeren Dessert aufstehen und sich auf die Terrasse verdrücken konnten.

Man beendete die offizielle Feier mit einem kleinen Abend-Imbiss. Danach gingen die älteren Herrschaften und es wurde noch richtig lustig. Man tanzte und der Champagner tat seine Wirkung. Das Brautpaar eröffnete den Tanz – ein wunderbarer Anblick. Anna machte in ihrer schlichten, teuren Eleganz und ihrer nicht mehr ganz jungen Erscheinung einen fast aristokratischen Eindruck. Ein schöner Kontrast zu Konrads lässiger künstlerischer Attitude.

Natürlich tanzten auch Viktor und Vera miteinander. Man konnte ihnen außer einer gewissen Vertrautheit aber nichts Besonderes anmerken. Herbert gab sich Mühe, darauf nicht zu achten und wirkte dabei ein wenig angestrengt. Er tanzte auch mit Vera, was wie immer gut aussah.

Einen Tanz mit der Braut betrachtete Herbert jedoch eher wie eine anstrengende Pflichtübung. Er fühlte sich in ihrer Nähe immer ein bisschen unwohl. Ihre weltläufige Lockerheit und natürliche freundliche Art verunsicherten den immer noch etwas hölzernen Sportsmann.

Am Abend gegen zehn Uhr ging man auseinander und die neue Jungfamilie begab sich in ihr prächtiges Domizil.

36

Seit dem Hochzeitsfest im Penthouse waren zwei Jahre vergangen. Sie waren für Vera und ihre Familie ereignisreich verlaufen. Vera hatte ihr Doppelleben routiniert weitergeführt. Sie liebte ihren Erwecker Viktor nach wie vor sehr. Aber ihre Neigung zur Eifersucht hatte zugenommen und es verging jetzt keine Begegnung mehr, ohne dass es nach dem ersten sexuellen Ansturm zu Szenen der Vorhaltungen und Zweifel gekommen wäre. Vera wusste, dass sie damit ihren Freund womöglich von sich wegtreiben würde. Aber sie konnte sich gegen ihre verbalen Ausfälle nicht wehren. Dabei ärgerte sie besonders, dass Viktor stets gelassen blieb – ja, sie gelegentlich sogar auslachte und verspottete.

Manchmal dachte sie, dass sie die Liebschaft, zumindest zum Schein, beenden sollte. Dann könnte sich zeigen, ob Viktor aus seiner nervtötenden, fast lethargischen Ruhe und Gelassenheit heraustreten und das von ihr ständig angemahnte Engagement zeigen würde.

Um die Verschleierung ihrer Intim-Beziehung machte sich Vera inzwischen weniger Sorgen. Ja, manchmal wünschte sie sich geradezu, dass die Geschichte endlich aufflöge.

Herbert hatte seinen Häuslichkeitseifer nach einiger Zeit wieder aufgegeben. Er hatte sich damit abgefunden, dass seine Frau ein Zweitleben führte. Schließlich hatte er ja auch eines. Und solange die Zweitverbindung seiner Frau diesen kulturellen Anstrich hatte, blieb er vergleichsweise gelassen.

Aber das Geraune um eine Affäre seiner Frau mit Viktor hatte zugenommen. Einige seiner Sportsfreunde wollten Vera mehrmals in der Nähe seiner Wohnung gesehen haben. Einer sah sie angeblich sogar in Viktors Haus verschwinden.

Herbert hasste diese Klatschereien und Nachreden und erklärte gelegentlich schroff, dass man ihn gefälligst damit verschonen solle. Trotzdem nagte die Ungewissheit an ihm. Mit der lieblos-sachlichen Atmosphäre seiner Ehe hatte er sich abgefunden, aber zum Hahnrei wollte er sich nicht machen lassen.

37

Veras Mutter war ernstlich erkrankt. Obschon sie ihre Mutter ihr Leben lang eher verachtet, manchmal sogar gehasst hatte, kümmerte Vera sich jetzt aufmerksam um sie. Die Mutter hatte nach einer verschleppten Grippe Probleme mit ihrer Lunge bekommen. Es wurde dann bald zur Gewissheit, dass die lebenslange starke Raucherin Lungenkrebs hatte.

Vera besuchte sie so oft wie möglich im Krankenhaus. Dabei kamen sich Mutter und Tochter ein wenig näher. Die Mutter hatte ihre finanzielle Lage vor ihrer Tochter und einzigen Erbin immer verschleiert und wie »Herrschaftswissen« behandelt. Aber jetzt, angesichts des absehbaren Endes, zog sie Vera ins Vertrauen. Und was Vera da hörte, versetzte sie in Erstaunen.

Der Vater hatte offenbar für Frau und Tochter solide vorgesorgt. Die schöne, wenn auch nicht üppige Eigentumswohnung mit all den gediegenen alten Möbeln sowieso. Aber es gab auch noch das eine oder andere Aktienpaketchen und etliche solide Rentenpapiere. Dazu eine ansehnliche Pension, die laut Police im Erbfall auf die Tochter übertragen würde. Und eine nicht allzu große Menge Bares.

Bei Vera verursachten diese Mitteilungen zwiespältige Empfindungen. Obwohl sie ihre Mutter stets verachtet hatte, schmerzte ihr bevorstehender Tod sie doch auf eine gewisse Weise. Damit würde ihre Jugendzeit endgültig zu Ende gehen und sie musste auch offiziell auf eigenen Füßen stehen.

Andererseits vermittelten ihr die Eröffnungen der Mutter auch Zuversicht. Sie musste demnach um ihre wirtschaftliche Existenz nicht fürchten und war weniger abhängig von ihrem Groß-Mogul Herbert mit seinen undurchsichtigen Geschäften und Finanzen, an denen er sie ja nie hatte teilnehmen lassen.

Zwar hatte er Recht mit seiner Meinung, dass sie sich nicht sonderlich für »Geldkram« interessiere, wie sie es unwissend und verächtlich gelegentlich nannte, aber ein bisschen Bescheid gewusst hätte sie ganz gerne. Doch da hatte Herbert sich genau so verhalten wie ihre Mutter: »Herrschaftswissen verteidigen!«

38

Im großen Hörsaal der Universität versammeln sich am Morgen die Erstsemester der Geisteswissenschaften zur Begrüßung und Einführung in den Studienbetrieb. Es spricht der Dekan der Fakultät.

Zwischen all den jungen und hoffnungsfrohen Zwanzigern sitzt Vera, als inzwischen Mittdreißigerin eine Spätberufene. In ihrem salopp-eleganten Outfit wirkt sie aber unter all den jungen Leuten durchaus nicht deplaziert. Sie hat sich für die Studienbereiche Philosophie, Psychologie und Literaturwissenschaften eingeschrieben und beginnt mit dem Studium einen radikal neuen Lebensabschnitt.

Ihre letzten beiden Jahre waren turbulent verlaufen und hatten ihr Leben entscheidend verändert. Die Mutter war tot. Das Krebsleiden hatte sich zuletzt beschleunigt und eine Embolie war hinzugekommen.

Vera musste das Erbe antreten. Obschon sie von ihrer Mutter zuletzt gut informiert worden war, bereiteten ihr die sachlich-technischen Vorgänge einige Probleme, die sie aber dank ihrer Beherztheit und mit Hilfe ihres Ehemannes löste.

Herbert beriet seine unwissende Frau auch sachdienlich bei dem weiteren Umgang mit den Wertpapieren. Die geerbte Wohnung blieb zunächst unberührt. Vera betrachtete sie als potentielle Fluchtburg für den ja denkbaren Ernstfall, der dann auch bald eintreten sollte. Veras Liebesleben blieb von den äußeren Veränderungen unberührt. Man traf sich nach wie vor am »Wonnigen Donnerstag«. Die erotische Spannung hatte trotz der nun schon mehrjährigen Beziehung kaum gelitten. Das lag wohl vor allem daran, dass zwischen ihren Begegnungen immer wieder zeitliche Abstände lagen. Manchmal traf sie ihren Viktor allerdings auch außerhalb der festgesetzten Termine. Sie nahm es nicht mehr so genau. Außerdem bedurften die beiden Jungen kaum noch ihrer beständigen Obhut.

Auch von ihren kulturellen Ausflügen kam Vera häufig erst sehr spät nach Hause. Die Furcht vor Entdeckung hatte mit der geerbten Sicherheit stark nachgelassen. Sie wollte zwar nichts provozieren und ihren Ehemann nicht unnötig kränken, aber sie hatte für den »Ernstfall« bereits gedanklich vorgesorgt.

Sie würde, so dachte sie, von sich aus das gemeinsame Haus verlassen und somit einem möglichen Rauswurf zuvorkommen. Sie war sich aber nach wie vor nicht klar darüber, wie Herbert sich verhalten würde, wenn die Geschichte aufflöge.

Sie musste dann aber nicht mehr lange rätseln. Die Gerüchte über eine offenbar verfestigte Liebesbeziehung zwischen ihr und Viktor B. hatten zugenommen und waren zum allgemeinen Gerede geworden.

Herbert wollte jetzt Gewissheit. Wenn er diese auch über die Maßen fürchtete, weil er jede Störung seiner Ordnungsvorstellungen schon im Voraus hasste. Er würde womöglich zu Verhaltensweisen gezwungen sein, die er niemals gewollt hatte und verabscheute. Trotz seines Geizes engagierte er einen Detektiv, der Wege und Gewohnheiten seiner Frau ausspähen sollte – insbesondere die Donnerstag-Nachmittage. Aber auch die kulturellen Termine mit den immer häufigeren, wie auch immer gearteten Nachspielen, sollten beobachtet werden.

Herbert ärgerte sich über die beträchtliche Honorarforderung des »Spions«. Er hatte sich nicht vorstellen können, dass man mit solch »schmuddeligen« Tätigkeiten so viel Geld verdiente. Nach etwa zwei Monaten kam das für Herbert niederschmetternde Ergebnis – von entsprechenden Fotos gestützt: Vera verschwand an jedem Donnerstag-Nachmittag für drei bis vier Stunden in Viktors Haus. Über den Charakter dieser Begegnungen konnte es ja keinerlei Zweifel geben. Darauf deuteten auch die Fotos hin, die der offenbar tüchtige Agent von den beiden Verliebten auf ihren Heimwegen von Theater und Konzert geschossen hatte.

Wie bei verliebten Paaren üblich, hatten sich die beiden Ehebrecher in unbeobachteten Situationen innig umarmt und bei Spaziergängen im lauschigen Park heftig abgeknutscht. Für Herbert war nun klar, dass seine Frau, die die eheliche sexuelle Verweigerung mit Veränderungen in Körper und Wesen begründet hatte, ihn schon seit Jahren nach Herzenslust und schamlos betrog.

Obschon er auf das Ergebnis vorbereitet war, traf den nüchternen und spröden Herbert die Wahrheit mit Wucht. Zwar war ihre Ehe ja nie über die Zwanghaftigkeit ihrer Entstehung hinausgekommen aber man hatte sich doch einigermaßen befriedigend arrangiert. Und nun dies!

Als Vera anlässlich eines offiziell verkündeten Theaterbesuches erst weit nach Mitternacht zu Hause ankam, stellte Herbert sie zur Rede. Er hatte sich, so meinte er, gut auf das Gespräch vorbereitet. Vera war überrascht davon, ihren Mann noch wach anzutreffen. Er saß am Kamin und trank ein Glas Wein. Er bot auch seiner Frau davon an – aber diese lehnte dankend ab. Sie hatte eine Ahnung von dem, was nun folgen würde …

39

Das Leben in der alten Villa hatte für die kleine Familie angenehm begonnen. Bei Konrad knirschte es allerdings gewaltig. Er war es nicht gewohnt, dass er bei persönlichen Verrichtungen Menschen um sich hatte. Sie erinnerten ihn trotz allen liebevollen Umgangs beständig daran, dass er endgültig seine »Freiheit« verloren hatte.

Anna gab sich in ihrer herzlichen und klugen Art die größte Mühe, ihrem Mann den Umstieg vom Einzelgänger zum »Familienvater« zu erleichtern. Konrad wusste das zu schätzen und liebte seine Frau dafür umso mehr. Schließlich hatte er ja selbst diesen »Bruch« in seinem Leben gewollt. Also bemühte er sich, mit den Anfangsirritationen fertig zu werden.

Wegen beider Berufe und dem Schulgang von Moritz lief der Alltag straff geregelt ab. Meist ging der Junge als erster aus dem Haus. Er besuchte bereits die zweite Klasse des Gymnasiums. Sein Frühstück besorgte eine ältere Hausgehilfin. Sie achtete auch darauf, dass Moritz, der es gelegentlich mit seinem Äußeren nicht so genau nahm, vorzeigbar das Haus verließ.

Konrad und seine Frau frühstückten gemeinsam und stöberten in den angelieferten Zeitungen herum. Konrad war ein rechter Morgenmuffel. Er brauchte morgens eine gewisse Anlaufzeit und gab sich wortkarg. Da er so ungern Auto fuhr, ließ er sich nach dem Frühstück von seiner Frau am Büroturm absetzen.

Anna achtete darauf, dass sie immer pünktlich in der Bank erschien und damit allen Mitarbeitern ein gutes Beispiel gab. Sie genoss wegen ihrer freundlichen aber bestimmten Art und ihrer von allen anerkannten Fachkompetenz hohes Ansehen.

Für Konrads Mannschaft hatte sich dagegen einiges geändert. Früher war er gelegentlich den ganzen Morgen nicht in der Büro-Etage erschienen und hatte nur mit seinem Bürochef die nötigen Dinge besprochen. Jetzt dagegen kam er fast immer zur gleichen Zeit und schaute auch sofort auf die Arbeitstische seiner Mitarbeiter. Dann allerdings verzog er sich erleichtert nach oben und genoss mehr als früher sein Alleinsein.

Er hatte nicht vorhergesehen, dass ihm das »Gefängnis« der ehelichen Zweisamkeit so zusetzen würde. War er denn für ein geregeltes Familienleben ungeeignet? Brauchte er für das Aufrechterhalten seiner inneren Spannung die Unwägbarkeiten des Solisten-Lebens? Wenn er ehrlich mit sich war, musste er sich eingestehen, dass das friedlich-freundliche Familienleben mit all seiner liebevollen Harmonie sich nicht nur günstig auf ihn auswirkte.

In seiner Über-Sensibilität meinte er sogar manchmal ein gewisses Nachlassen seiner Kreativität zu verspüren. Das konnte doch keine Frage des Alters sein – schließlich war er knapp ein Mittvierziger und nach landläufiger Ansicht im besten Mannesalter.

Er fürchtete, dass von dem nun vorgezeichneten Leben außer Harmonie kein besonderer Impuls ausgehen würde. Für kreative Vorgänge brauchte man aber Impulse und innere Spannung – das wusste er.

Seiner Frau erzählte er von seinen Zweifeln nichts. Er liebte sie zu sehr, als dass er ihr mit solchen Bedenken Kummer hätte bereiten mögen.

Aber Anna hatte ein gutes Gespür für untergründige Stimmungen und machte sich Sorgen. Sie fühlte, dass Konrad gelegentlich unruhig und bedrückt war, wusste aber nicht damit umzugehen. Am meisten fürchtete sie einen Rückfall in die Spielsucht. Konrad hatte ihr ja bei ihren langen Strandgängen sehr eindringlich klar gemacht, dass niemand davon loskäme. Also, dachte sie, war er in ständiger Gefahr.

Dass Konrad wegen der harmonischen Familienatmosphäre um seine Frische und kreative Potenz fürchtete – das sah sie nicht. In ihrem Metier, dem Geldwesen, gab es solche Zusammenhänge eher nicht.

40

»Wieso bist du denn noch auf – das ist doch gar nicht deine Gewohnheit?«, fragte Vera unschuldig, nachdem sie sich auch am Kamin niedergelassen hatte.

Herbert ging nicht darauf ein. Stattdessen fragte er: »Wie war der Theaterabend – was gab es denn?«

»Es gab einen Klassiker – einen Shakespeare. Aber du bist doch nicht solange aufgeblieben, um mit mir über meinen Theaterbesuch zu sprechen – oder? Was gibt es denn so Wichtiges?«

»Ja, wichtig ist es schon, jedenfalls für mich. Ob auch für dich – das wird sich zeigen.«

»Nun mal raus mit der Sprache – mach es nicht so geheimnisvoll«, sagte Vera. Sie war nun ganz sicher, dass eine entscheidende Aussprache bevorstand und dass sie dafür der Anlass war.

Herbert hatte offenbar Gewissheit über ihr Doppelleben gewonnen – woher auch immer.

»Es steht schlecht um uns«, begann Herbert, »schlechter, als ich bisher glaubte.«

»Mit uns ist es doch nie besonders gut gegangen. Wir haben uns nur in all den Jahren, seitdem wir von überlieferten Moralvorstellungen zur Ehe gezwungen wurden, halbwegs miteinander arrangiert und mehr oder weniger friedlich aneinander vorbei gelebt«.

»So sah es lange Zeit aus«, sagte Herbert, »und ich habe auch selbst an das Funktionieren eines solchen Agreements geglaubt – zumindest bis die Kinder auf eigenen Füßen stehen würden.«

»Und – glaubst du nun nicht mehr daran?«, so Vera. Sie war sich immer noch nicht klar darüber, wieviel ihr Ehemann von ihrem Doppelleben wusste. Hatte er etwa Beweise? Hatte er sie gar beschatten lassen? Eigentlich glaubte sie nicht daran – dafür war er wohl doch zu geizig.

Sie ging dann, wie üblich, in die Vorwärtsverteidigung. Die hatte sich ja meist, zum Beispiel im Zusammenleben mit ihrer Mutter, bestens bewährt.

»Also, was ist denn? Was hat sich denn verändert – komm schon endlich zur Sache!«

»Du hast dich verändert. Du hast, wahrscheinlich schon seit langem, unsere stille und unausgesprochene Abmachung gebrochen. Ich weiß, dass deine sogenannte kulturelle Beziehung zu Viktor B. zwar echt ist – dass sie aber gleichzeitig als Camouflage für eine offenbar tiefgehende und schon lange bestehende Liebesbeziehung dient.«

Vera staunte über Herberts präzise Wortwahl und die Ernsthaftigkeit seines Vortrags. Sie kannte von ihm ja nur den eher ungelenken und hölzernen Umgang mit Sprache. Es war ihr sofort klar, dass Herbert für ihren Lebenswandel Beweise hatte, wie auch immer die zustande gekommen sein mochten. Hatte er sie selbst bespitzelt oder hatte er jemanden damit beauftragt?

Aber Vera wusste, dass es darauf nun nicht mehr ankam. Sie wollte sich den möglichen »Beweisen« auch gar nicht aussetzen. Das konnten ja nur heimlich geschossene Fotos oder abgehörte Telefonate sein. In eine solche »Schmuddelzone« wollte sie gar nicht erst hineingeraten. Das beste würde wohl sein, dachte sie, Herbert die weitere Gesprächsführung zu überlassen. Sie sagte nur: »Nun – nehmen wir einmal an, du hättest Recht mit deinen Behauptungen. Was meinst du, würde dann geschehen. Ich nehme an, dass du dir darüber schon Gedanken gemacht hast.«

»Habe ich, aber zunächst einmal: Du gibst also zu, dass die Geschichte sich so verhält, wie ich sie geschildert habe?«

»Gar nichts gebe ich zu«, so Vera unwirsch und fast frech, »aber dass ich in unserer Ehe unglücklich und einsam war und bin, das dürfte dir wohl nicht entgangen sein, obwohl ich oft den Eindruck hatte, dass dir das ziemlich egal war. Du warst doch nur an einem »funktionierenden« Familienbetrieb interessiert und hast deine weitergehenden Interessen oder gar Leidenschaften außerhalb gesucht und wahrscheinlich auch gefunden. Ob es dabei nur um Geld, Börse und Sport ging, weiß ich nicht. Da ich dir niemals nachspionieren würde, hättest du durchaus, von mir unbemerkt, eine oder gar mehrere Freundinnen haben können. Nachdem ich mich dir verweigert habe, hätte ich dagegen auch nichts einwenden können. Ich fühlte mich einsam und unterfordert, da du meine weitergehenden Interessen nicht teilen konntest oder wolltest und in dieser seelisch-geistigen Notsituation stieß ich auf Viktor, der mir alles das gab und vermittelte, was ich hier entbehrte.«

Herbert staunte nun seinerseits über die Ausführlichkeit ihrer Rede, die ja keine Antwort auf seine Frage darstellte. Er setzte nach: »Gegen diese Verbindung mit deinem ›Kulturfreund‹ Viktor hatte ich ja auch prinzipiell nichts einzuwenden – aber es ist eben nicht dabei geblieben. Und das kann ich nicht mehr akzeptieren. Im Sinne von

Sauberkeit und Ehrlichkeit wäre es also gut, wenn du den Tatbestand deiner sogenannten ›ehelichen Untreue‹ zugeben würdest. Dann könnte man offen und ohne zusätzliches gegenseitiges Misstrauen über die weitere Zukunft reden.«

»Gar nichts gebe ich zu«, sagte Vera wieder, »vielmehr solltest du dich einmal fragen, ob ich wohl Anlass gehabt haben könnte, auch auf diesem Gebiet nach anderen Möglichkeiten zu suchen. Ich wollte und will dich nicht kränken, aber unsere sexuelle Beziehung war doch nicht übermäßig animierend. Ich war damals ein unerfahrenes Mädchen und hatte von dem viel älteren Freund nicht nur Sex, sondern auch erotische Phantasie, Zärtlichkeit und noch mehr erwartet. Aber da war ja nicht viel und unsere sexuelle Beziehung tendierte in ihrem Lust- und Unterhaltungswert zuletzt eher gegen Null.«

»Und die fehlende Freude an der Liebe hast du dann woanders gefunden. Damit willst du ja wohl sagen, dass ich an der Entwicklung die Schuld trage, oder?«

»Ich sage gar nichts – und über Schuld werde ich schon überhaupt nicht sprechen. Noch einmal: Wir waren in gewisser Weise beide unschuldig und sind von den gängigen Konventionen ins Ehejoch gezwungen worden – wenn ich es einmal so pathetisch. aber sachlich richtig formulieren darf«, so Vera.

Herbert war erbost über seine Frau. Er hatte sich so sicher gefühlt und war innerlich gut gerüstet in das Gespräch gegangen. Und nun hatte sie, dank ihrer rhetorischen Wendigkeit, den »Spieß glatt umgedreht«. Sie hatte es fertig gebracht, ihn als den wahren Schuldigen an ihrer beider Misère hinzustellen und dabei die von ihm gesammelten Fakten einfach ignoriert.

So war sie eben. Obwohl er glaubte, ihr geistig durchaus ebenbürtig zu sein – außer eben in kulturellen Belangen – trieb sie ihn mit ihrer unnachahmlichen Mischung aus forsch-frecher Rede und halbrichtiger Argumentation in die Enge. Das hatte er schon häufig so erlebt. Man konnte ihr nur schwer beikommen, und seine sprachlichen Mittel hatten sich meist als zu schwach erwiesen.

Resigniert sagte Herbert dann: »So kommen wir ja nicht weiter, und ob du den Ehebruch nun zugibst oder nicht – ich kann damit nicht leben. Ich bin nicht stabil genug, um mich dem dauernden Geraune und spöttischen Geschwätz weiter auszusetzen. Ginge es aber nur um mich, so wäre alles vielleicht nicht so wichtig. Aber die Kinder sollten verschont werden von der wahrscheinlichen Entwicklung zum Skandal. Sie werden irgendwann, dazu wahrscheinlich auf schmuddelige Weise, von der Sache erfahren. Dafür sorgen schon die ›lieben besorgten‹ Mitmenschen.«

»Und – was willst du nun machen?«, so Vera. »Verstehe ich dich richtig, so meinst du, dass die nach deiner und der öffentlichen Meinung ehebrecherische Mutter zur Erziehung und Betreuung ihrer Kinder nicht mehr die moralische Kompetenz besitzt. Habe ich dich da richtig verstanden?«

»So könnte man sagen. Ich habe deshalb vor, beide Kinder in ein Internat zu geben. Mathias braucht noch zwei Jahre bis zum Abi – Ulrich, so er es überhaupt schafft, zwei Jahre länger.«

»Dann gehe ich auch. Ich könnte es nicht ertragen, hier mit dir allein weiterzuleben – ohne die Kinder.«

»Und – was willst du dann machen, so allein?«, fragte Herbert nicht gerade besorgt, sondern eher neugierig. Er war auf ihre Reaktion wieder nicht vorbereitet gewesen.

»Das ist dann meine Sache. Seit meine Mutter gestorben ist, befinde ich mich ja nicht mehr im Notzustand«, sagte Vera sachlich und beinahe freundlich. »Unabhängig von dem diskutierten Anlass beschäftige ich mich schon länger mit dem Gedanken, mal etwas Vernünftiges für mich zu tun. Wenn ich es schaffe, werde ich mein Abi an einer Abendschule nachholen und ein Studium beginnen. Ob das alles klappt und ob ich damit im Ernstfall auch noch etwas anfangen kann, weiß ich nicht. Auf jeden Fall muß ich dazu alleine leben. Das wäre dann das erste Mal in meinem Leben. Es wird auch höchste Zeit, dass ich mal etwas Selbstständiges tue.«

»Und wo würdest du dann wohnen?«, so Herbert neugierig, aber fast schon teilnahmsvoll.

»Das dürfte ja wohl klar sein. Ich ziehe in die Wohnung meiner

Mutter. Das ist zwar ein totaler Umbruch in Bezug auf die äußeren Rahmenbedingungen und das wohnliche Ambiente – aber so ist es nun mal – ein Umbruch zieht gleich mehrere andere nach sich.«

Herbert wunderte sich über die Zielstrebigkeit seiner Frau. Es gab dazu kaum noch etwas zu sagen. Fast versöhnlich bot er ihr seine Hilfe bei der technischen Umsetzung ihrer Vorstellungen an.

41

Die nächtliche Auseinandersetzung mit seiner Frau hatte Herbert zunächst in gewisser Weise erleichtert. Vordergründig betrachtet hatte er ja die angestrebte Klarheit über seine Situation gewonnen. Aber was hatte er damit erreicht? Er war es gewohnt, Ereignisse und Fakten ausschließlich nach ihrem Nutzwert, also der Abwägung von Vor- und Nachteilen zu bewerten. Diese Denkart hatte er wohl, so meinte er, als zusätzliches Erbe seines schlauen und cleveren Vaters zu betrachten.

Aber wo war hier der Nutzen? Hätte er nicht alles besser so lassen sollen wie es war? Schließlich hatte Vera ja trotz ihres »Lotterlebens« Haus und Kinder beinahe vorbildlich gehütet und ihm damit den Rücken für seine Aktivitäten freigehalten. Und von jetzt an sollte er das alles alleine machen? Die Kinder vor allem, aber auch das Haus und die Pflege der Außenkontakte? Und das alles bei seinem ja auch von ihm selbst empfundenen spröden und eckigen Wesen und seinen undiplomatischen und wenig geschmeidigen Verhaltensweisen?

Gewiss ließ sich mit Geld eine Menge ausrichten – zum Beispiel das Internat für die Kinder. Da würde er auch nicht knausern und es an nichts fehlen lassen. Und eine personelle Verstärkung im Haus, zum Beispiel durch eine ordentliche Köchin, musste wohl auch sein.

Aber das war es ja nicht, was ihm zu schaffen machte. Vielmehr war es die schleichende Gewissheit, dass sich sein Leben in Zukunft schwieriger und vor allem einsamer gestalten werde. Er glaubte nicht daran, dass eine zukünftige Bekanntschaft mit einer Frau für ihn und seine Probleme eine Lösung sein könnte.

Schließlich war seine Ehe mit Vera ja auch gescheitert – und wenn er ganz ehrlich war, so musste er sich eingestehen, dass sie mit ihren Begründungen für ihr Fremdgehen irgendwie recht hatte. Er hatte ihr außer Geld nichts Wesentliches geben können. Und so würde es mit den eventuellen potentiellen Nachfolgerinnen auch sein. Zwar entschuldigte er seinen Mangel an Gefühlen und menschlichen Regungen immer noch mit seiner verheerenden Entwicklung im Elternhaus – aber er hatte diese negativen Einflüsse ja nicht abschütteln können. Und das war wohl eindeutig seine Schuld und seine Schwäche.

Er wertete die heftige Darstellung von Gefühlen und das Eingestehen von Fehlern als eher unpassend und schädlich. So hatte er es im Elternhaus gelernt, und dabei war er konsequent und unbeweglich geblieben. Seine wenigen Frauenbekanntschaften verliefen auch nach diesem Grundschema. Es waren Sportlerinnen aus seinem Club gewesen, auch hier und da eine Ehefrau. Da hatte er auch keine Skrupel gehabt, so wenig wie die Partnerinnen welche hatten. Es war nur immer um Sex und ein paar Verzierungen gegangen. Aus seiner Sicht mehr eine Frage der Körper-Hygiene.

Das würde sicher auch so bleiben – demnächst sogar mit den Möglichkeiten einer freien Entfaltung in seinem menschenleeren Haus. Aber das Wichtigste war die Lösung der Internatsfrage.

An einem der nächsten Tage, als Vera nicht zu Hause war, setzte er sich mit seinen beiden Söhnen zusammen und versuchte ein aufklärendes Gespräch mit ihnen.

Das fiel ihm naturgemäß schwer. Er hatte sich ja nie ernsthaft mit ihnen beschäftigt. Gewiss war er Ulrich, dem sportlicheren von beiden, durch Tennisspiel und gemeinsames Segelfliegen ein wenig näher gekommen. Aber Ulrich war ohnehin nicht sein Problem, wenn man einmal von seinen dürftigen schulischen Leistungen absah.

Vielmehr war es der musisch begabte Mathias, der ihm Sorgen

bereitete. Mathias verabscheute allen Sport wie seine Mutter. In der Schule kam er dank seiner hohen Intelligenz gut zurecht. Bemerkenswert war aber vor allem seine künstlerische Begabung. Inzwischen hatte er seine malerischen und zeichnerischen Fähigkeiten, mit denen er bereits als Kind aufgefallen war, intensiv weiter entwickelt.

Obwohl der Vater zu diesen Neigungen seines Ältesten keinen rechten Zugang fand, hatte er ihm vor einigen Jahren einen nicht benutzten Raum des Hauses als Atelier eingerichtet, wo Mathias sich schon an größeren Leinwand-Arbeiten versuchte.

42

Mathias und Ulrich fanden es ungewöhnlich, dass ihr Vater sie so offiziell zu einem Gespräch versammelte. Es musste wohl etwas Besonderes geschehen sein, meinten sie.

»Ich will es kurz machen, aber es wird euch wohl ziemlich erschrecken, was ich euch jetzt mitteilen werde«, so begann Herbert, »Eure Mutter und ich haben beschlossen, uns demnächst zu trennen.«

Die beiden Jungen schauten ihn ungläubig an. Sie waren ganz offensichtlich total überrascht. Herbert schloss daraus, dass sie die Ehe ihrer Eltern für normal und friedlich gehalten hatten, und dass ihnen keinerlei Gerüchte zu Ohren gekommen waren. Der jüngere Ulrich reagierte als erster und platzte heraus: »Aber warum denn – habt ihr euch denn gezankt?«, fragte er kindlich naiv.

Mathias sagte nichts, aber er war ganz offensichtlich verstört. Er liebte seine Mutter und ihre resolute freundliche Art. Sie stand ihm ganz eindeutig näher als der Vater.

Wieder war es der Jüngere, der nachfragte.

»Und wie soll das gehen – zieht Vera dann aus?«

In der Familie herrschte die Gewohnheit, dass sich alle beim Vornamen nannten – auch die Kinder ihre Eltern.

»Ja«, antwortete Herbert, »sie zieht vorläufig in die alte Wohnung ihrer Mutter, die sie von ihr geerbt hat. Und dann will sie wohl ihr damals verpasstes Abitur nachholen und an der Universität studieren.«

Jetzt fragte auch Mathias:

»Aber warum denn das alles – hat Vera sich denn hier nicht mehr wohl gefühlt – es war doch immer so friedlich und ich habe überhaupt nichts von Streit bemerkt.«

»Es gab auch keinen Streit, aber Vera und ich haben uns wohl auseinandergelebt. Das geschieht ja häufig bei Paaren, die länger verheiratet sind. Wir haben sehr unterschiedliche Interessen, das wisst ihr ja. Vera konnte meine Liebe zum Sport nicht teilen und ich hatte keinen Zugang zu den Dingen, die ihr wichtig sind, also Literatur und Theater zum Beispiel. Auf die Dauer funktioniert das dann nicht.«

»Und wie soll das gehen«, fragte wieder der Jüngere, »wohnen wir dann hier zu dritt mit dir – und wer kocht uns das Essen?«

Nun musste Herbert doch über seinen Jüngsten lachen, der so herzerfrischend praktisch dachte.

»Aber jetzt kommt das Wichtigste – da ich nicht die Zeit und wohl auch nicht die Fähigkeiten habe, hier den ›Laden zu schmeißen‹ und für uns alle zu sorgen, sollt ihr beiden bis zu eurem Abitur in ein Internat eintreten – ich habe mich auch schon kundig gemacht und ein Institut mit einem ausgezeichneten Ruf gefunden«, so Herbert.

Jetzt kam es nach einigem Zögern zu ganz unterschiedlichen Reaktionen der Kinder. Ulrich dachte daran, dass er dann mit vielen gleichaltrigen Jungen zusammen sein könnte. Er war ja immer ein bisschen einsam gewesen. Vera hatte trotz ihres Bemühens um Gerechtigkeit den älteren Mathias immer ein wenig bevorzugt. Ulrich stand auch stets im Schatten seines begabteren Bruders und das Schließen von Freundschaften gehörte nicht zu seinen Stärken.

Bei Mathias war es ganz anders. Er sagte nichts, hatte aber Tränen in den Augen, und als der Vater ihn ansprach, brach es aus ihm heraus. Er weinte – er empfand das alles wie eine Katastrophe. Und er wolle auch nicht in ein Internat gesteckt werden. Er fühle sich hier wohl – das möchte er nicht ändern. Und Herbert solle sich mal nicht sorgen, er käme hier auch ohne seine Mutter zurecht.

»Dürfen wir denn Vera auch besuchen«, fragte Ulrich wieder, »oder kommt sie auch mal zu uns?«

»Natürlich dürft ihr sie besuchen, so oft ihr wollt – ihr müsst euch dann nur mit ihr verabreden«, erklärte Herbert.

Über Mathias' Weigerung, in ein Internat zu gehen, wollte er noch einmal nachdenken. Herbert hatte da zwiespältige Empfindungen. Einerseits war ja die Vorstellung ganz reizvoll, hier mit seinem klugen Sohn zusammen zu wohnen, andererseits würde das natürlich seinen Vorstellungen vom zukünftigem »Liebesleben« im Wege stehen, dachte er egoistisch.

43

Konrad lebte mit seiner angeheirateten Kleinfamilie inzwischen mehr als zwei Jahre zusammen. Die anfänglichen Reibungsschwierigkeiten waren einer friedlichen und ruhigen Gewöhnung gewichen.

Das Paar war einander immer noch in herzlicher Zuneigung verbunden. Ihr Liebesleben hatte nach nun über fünf Jahren gegenseitigen Kennens die leidenschaftliche Phase hinter sich und einen eher zärtlich-schmusigen Charakter angenommen. Zu Beginn ihrer Ehe hatte sie auch die Frage nach einem weiteren Kind beschäftigt. Anna wäre trotz des medizinischen Risikos dazu wohl bereit gewesen. Aber Konrad war letztlich dagegen. Erstens natürlich wegen des Risikos. Aber auch aus anderen Gründen. Er hatte es schon immer für unnötig gehalten, sich fortzupflanzen. Er fand, dass seine problematische Lebens-Konstellation, die aus Erfolg und desaströsen Neigungen bestand, kein gutes Fundament war zur Begründung eines normalen und gefestigten Familienlebens mit Verantwortung für Nachkommenschaft.

Er war auch nicht gerade ein Kindernarr. Mit seinem Stiefsohn Moritz verband ihn eine freundlich-sachliche Zuneigung, ohne jede aufgesetzte Zärtlichkeit. Moritz respektierte Konrad und interessierte sich auch für dessen Arbeit. Am liebsten würde er auch Architekt werden, meinte er kindlich-naiv und unwissend. Dabei war ja für ihn eher eine Bank-Karriere vorgezeichnet, falls seine Vorlieben dem nicht zuwiderlaufen würden.

Die gesellschaftlichen Aktivitäten hatte das Paar nach seiner Heirat stark eingeschränkt. Sie hatten ein paar mal Freunde und Bekannte eingeladen, die natürlich alle neugierig auf die Wohnung und vor allem auf die Art des Zusammenlebens der beiden waren. Von den meisten war die Heirat als eher problematisch betrachtet worden – vor allem wegen Konrads stadtbekannter Neigungen – aber auch wegen Alter, Sohn Moritz und beider Vorleben. Doch die Besucher waren sich dann mehr oder weniger einig in der Beobachtung, dass das Zusammenleben der »Würfelfamilie«, zumindest von außen betrachtet, ganz harmonisch wirkte.

Konrad schwamm weiter auf einer Erfolgswoge. Gerade hatte er mit seiner Mannschaft wieder einen großen Wettbewerb gewonnen – ein Schulzentrum im Außenbereich der Stadt. Und nun gab es auch keine Hindernisse mehr zur Erteilung des Planungs-Auftrags. Sein Name hatte in der Stadt inzwischen einen guten Klang. Er baute auch eine Reihe interessanter und teurer moderner Villen für einige ihrer gemeinsamen Bekannten. Konrad war ganz einfach »in« und bestens im Geschäft. Er hatte nun seit über zwei Jahren dem Spiel abgeschworen. Von Endgültigkeit weit entfernt – wie er selbst am besten wusste. Aber es wurde im Bekanntenkreis beobachtet.

Er war auch in dieser selbst auferlegten Abstinenzzeit gelegentlich in Versuchung gewesen, ein »Spielchen« zu machen, wie er es, ähnlich anderen Zockern, verharmlosend formulierte. Aber der Gedanke an seine Frau hatte ihn jedes Mal davor bewahrt. Er wollte sie nicht enttäuschen. Er hatte ihr zwar nichts versprochen und sie hatte ihm auch keinerlei Zusagen abgenötigt. Aber er wusste aus seiner langjährigen Spielererfahrung, dass es sich mit dem Spiel so verhielt wie mit anderen Lastern und Leidenschaften: »Kein Gläschen Alkohol«, »keine Zigarette«, »kein Schuss« – also auch »kein Spielchen«. Sonst würde der berüchtigte Mechanismus wieder in Gang gesetzt: »Verlieren oder Gewinnen«, »Sieg oder Niederlage« und kein Ende.

Das wollte er nicht, aber er war sicher, dass es ihn irgendwann, bei einer zufällig ungünstigen Konstellation seines Lebens-Rhythmus', wieder ereilen würde und dann gäbe es wie immer kein Halten – mit der jederzeit möglichen Gefahr eines totalen Absturzes.

Eines Morgens, beim Frühstück und der gewohnten Zeitungslektüre, sagte Konrad beiläufig: »Übrigens – Herbert und Vera gehen auseinander.«

»Was – wieso denn das so plötzlich?«

»Nicht plötzlich, das musste doch irgendwann so kommen. Die beiden lebten doch schon lange nebeneinander her. Vera hat wohl seit unserem damaligen Atelier-Fest ein Verhältnis mit Viktor.«

»Dann hat es also doch gestimmt, was man schon damals hörte. Und wieso nun diese radikale Reaktion?«

»Herbert hat es nur angedeutet. Ich hatte kürzlich wieder in einer Bausache mit ihm zu tun. Vera hat von ihrer verstorbenen Mutter einiges geerbt, unter anderem eine alte Eigentumswohnung und will sich nun ›auf ihre alten Tage‹ noch selbstständig machen.«

»Hat Herbert sie denn erwischt und rausgeworfen?«, fragte Anna.

»Das hat er nicht so genau gesagt. Jedenfalls ist er ihr wohl irgendwie auf die Schliche gekommen. Und nun will Vera noch einmal durchstarten. Sie will ihr damals verpasstes Abi nachholen und studieren.«

»Alle Achtung«, so Anna, »das ist ja eine radikale Zäsur – aber sie ist ja immer eine tüchtige und zielstrebige Person gewesen. Das kann man ja auch daran erkennen, wie hartnäckig und konsequent sie sich den schwierigen und vorsichtigen Viktor gefügig gemacht hat.«

»Nun mal langsam, von ›gefügig machen‹ kann da wohl keine Rede sein. Für Viktor war doch die Affäre, die wohl noch anhält, eine bequeme Sache. Eine junge und begehrenswerte Frau so ganz nebenbei und ohne jede verantwortliche Konsequenz als Freundin, das konnte ihm doch nur recht sein.«

»Und was wird aus den beiden Söhnen?«, fragte Anna.

»Die kommen wohl in ein Internat, so jedenfalls hat Herbert sich geäußert.«

Anna hatte dann, wie üblich, ihren Mann am Büroturm abgesetzt. Danach saß sie eine Weile ruhig in ihrem Dienst-Zimmer. Sie hatte keine Termine und ihre Mitarbeiter ließen sie in Ruhe. Sie dachte, nicht zum ersten Mal, an ihre Ehe mit Konrad, die ja auch nicht auf festem Boden stand.

Zwar hatten sie, zumindest sah es so aus, nicht die Probleme ihrer Freunde, aber auch bei ihnen gab es die latente Gefahr eines Absturzes. Konrad hatte seit den Gesprächen an der Küste nicht mehr von Spiel und Spielsucht gesprochen. Aber sie wusste ja – soviel hatte sie von seinen Schilderungen mitbekommen – dass die Gefahr nicht beseitigt war. Und manchmal beobachtete sie bei ihrem Mann eine gewisse Abwesenheit und grüblerische Züge. Das konnten auch Folgen seines schwierigen und hektischen Arbeitslebens sein. Trotzdem fürchtete sie sich geradezu panisch vor seinem jederzeit möglichen Rückfall. Und sie wusste ja, trotz all seiner Aufklärungsarbeit, nach wie vor nicht, wie sie im Ernstfall damit umgehen würde.

Sie konnte wohl nichts anderes tun, als ihm liebevoll zur Seite zu stehen – auch im befürchteten Ernstfall. Aber sie wusste auch, dass Konrad sich in einem solchen Fall eher in sich einschließen und sie aus Rücksichtnahme an seinen Schwierigkeiten nicht teilnehmen lassen würde. Obschon bisher nichts passiert war, lebte sie deshalb in ständiger Sorge um die seelische Befindlichkeit ihres Mannes.

Und diese Sorge konnte ihr niemand abnehmen – es war wie eine schwere Hypothek.

44

Vera war bald umgezogen und bemühte sich darum, im Eiltempo ihr Abitur nachzuholen. Abendkurse und zusätzliche Nachhilfe beschleunigten den Vorgang.

Das Einleben in die geerbte Wohnung fiel ihr nach einigen Anfangsschwierigkeiten leicht. Schließlich hatte sie ja bis zu ihrer überstürzten Heirat dort gelebt. Ihr Liebesleben mit Viktor bekam neue Akzente. Nun konnte auch er sie besuchen und sie führten eine zeitlang das Leben eines Paares ohne »gemeinsames Dach« mit gegenseitigem Bekochen und ähnlichen Häuslichkeiten. Ihr Kulturleben ging den gewohnten Gang. Inzwischen nahm auch die sogenannte »Öffentlichkeit« Notiz von der halblegalen Verbindung.

Vera und Herbert hatten auf eine Scheidung vorläufig verzichtet. Nach geltendem Recht wäre sie wohl schuldig geschieden worden. Darauf war Vera nicht gerade scharf, und da auch Herbert keine Anstalten machte, ließ man es bei einer formlosen Trennung.

Herbert hegte dabei die stille Hoffnung, dass sich Vera womöglich eines Tages zu einer Rückkehr entschließen könnte – wenn sie sich erst einmal »die Hörner abgestoßen hätte«. Mit dieser Mutmaßung sollte er eines Tages Recht behalten.

Aber vorläufig legte Vera erst einmal richtig los. Sie betrieb ihre Studien mit großem Eifer und empfand Freude daran, zum ersten Mal in ihrem Leben auf »eigenen Füßen« zu stehen.

Sie erzählte ihrem Viktor von den neuen Eindrücken und auch gelegentlich von ihren so viel jüngeren Kommilitonen. Viktor spielte dann den Eifersüchtigen. Er meinte, dass die jungen Studenten gewiss hier und da ein Auge auf die ältere und erfahrene Kollegin werfen würden. Und in der Tat gab es ein paar Kommilitonen, die sich Vera ein wenig näherten. Besonders einer von ihnen machte mit seinem strengen, fast haarlosen asketischen Kopf und seiner spartanischen schwarzen Kleidung Eindruck auf sie.

In der Mensa kam sie mit ihm ins Gespräch. Er war der typische Wissenschaftler und sprach mehr oder weniger druckreif. Dabei war er nicht uncharmant und auch witzig. Sie gaben sich gegenseitige Auskünfte über ihre bisherigen Lebensläufe.

Vera dachte daran, den jungen Mann gelegentlich zu sich einzuladen und zu bekochen. Weiter dachte sie zunächst nicht – obschon sie der Gedanke, sich ein wenig von Viktor zu befreien und ihm womöglich die unbewiesene Fremdgängerei auf diesem Wege einmal heimzuzahlen, durchaus reizte.

Ihren neuen »alten« Haushalt bewirtschaftete sie, trotz ihrer vielen Termine, perfekt. Sie entwickelte dabei pedantische Züge und erlaubte sich keinerlei Unordnung und kein Stäubchen auf den gediegenen alten Möbeln. Viktor bemerkte das mit Erstaunen. So hatte er seine Freundin nie gesehen. Im Zuge ihrer Studien und des zunehmenden Wissens entwickelte Vera auch Urteilskraft und Kompetenz, was bei ihr aber häufig in Besserwisserei ausartete. Sie verharrte gelegentlich in unangenehmer Weise auf Standpunkten, die nicht in jedem Fall überprüft und gesichert waren.

Viktor nahm solche verbalen Kraftmeiereien meist gelassen. Er blieb bei seiner souveränen und bissig-humorvollen Art. Er hatte inzwischen bei seiner Zeitung reüssiert und war zum stellvertretenden Chefredakteur aufgestiegen. Weiter würde er mit seinem speziellen Wirtschaftsressort wohl nicht kommen. Da bevorzugten die Zeitungsbosse ja eher die Vertreter des allgemeinen politischen Bereichs.

Durch seine neue Position war er nun selten auf Reisen und hatte für seine Freundin mehr Zeit. Aber Vera war inzwischen so selbstständig geworden, dass ihr das nicht mehr so wichtig war. Obendrein war sie nach mehrmaligen privaten Begegnungen mit dem schwarz gewandeten Asketen eine sexuelle Beziehung eingegangen, die ihr offensichtlich gut tat. Der »Asket« erwies sich als intelligenter und einfallsreicher Liebhaber, der die Zuneigung seiner älteren Partnerin sichtlich genoss.

Vera ihrerseits genoss ihr neues Doppelleben, musste aber bald feststellen, dass auch jüngere Studentinnen ihren Asketen interessant fanden. Ihre gelegentlichen eifersüchtigen Wortattacken konterte der Vielumworbene mit kühler Arroganz. Zwar sprach er nicht darüber, aber er ließ Vera doch spüren, dass Alleinvertretungsansprüche ihrem Alter unangemessen seien.

Vera holte also in kürzester Zeit Entwicklungen, Erwartungen und Enttäuschungen nach, die ihr durch ihre überstürzte Heirat bisher erspart geblieben waren.

Am schönsten für sie waren ihre gelegentlichen Begegnungen mit den beiden Söhnen. Mathias kam häufig. Er hatte sich bei seinem Vater durchgesetzt und das Internat verweigert. Er besuchte seine Mutter gerne und hatte auch nie nach den tieferen Ursachen für die Ehe-Misère seiner Eltern gefragt. Er war eher verschlossener geworden, wahrscheinlich eine Folge seines häufigen Alleinseins. Da Herbert nach wie vor seinen Außengeschäften nachging, verbrachte Mathias seine schulfreie Zeit oft allein, hauptsächlich in seinem Atelier.

Von den zwei weiblichen Hausgeistern – Haushälterin und Köchin – wurde er aufmerksam umsorgt. Sie bewunderten den Jungen, obschon sie zu seiner modernen Malerei keinerlei Zugang fanden. Dass er dabei mit großem Ernst und Eifer bei der Sache war – das sahen sie aber wohl.

In den Schulferien kamen die beiden Jungen häufig gemeinsam zu Vera. Da sie ja eine exzellente Köchin war, machte sie sich eine Freude daraus, den beiden ihre Lieblingsgerichte zu bereiten.

Mathias steuerte das Abitur an. Danach wolle er Malerei studieren, erzählte er. Dazu würde er, nach eigenen Recherchen, an eine Kunstakademie im süddeutschen Raum gehen.

Vera war von der Zielstrebigkeit ihres Ältesten beeindruckt. Aber sie wusste auch, wie schwierig sein Unternehmen war. Um sich als

Künstler zu behaupten, musste man schon sehr gut sein und sehr viel Glück haben.

Sie selbst war mit ihren Aktivitäten voll ausgefüllt. Außer ihren beiden Liebhabern und den Kindern pflegte sie aber kaum gesellschaftliche Kontakte. Das war für sie kein ungewohnter Zustand. Auch zu Herberts Zeiten war es kaum anders gewesen.

Nur Anna und Konrad lud sie manchmal zum Essen ein. Dann war auch Viktor meist dabei. Die Gäste waren sich nicht klar darüber, wie es um Viktor und Vera stand. Die waren zwar freundlich miteinander, aber man konnte sie nicht durchschauen. Die Gespräche zu Viert waren jeweils lebhaft und auch selten oberflächlich. Schließlich hatten alle Vier aus den verschiedensten Bereichen einiges einzubringen.

Vera näherte sich bereits den Vierzig, und damit dem Studienende.

»Weißt du denn schon, was du nach deinem Examen anstellen wirst?«, fragte Konrad.

»Nein, und ich glaube auch, dass es für mich schwierig sein wird, eine halbwegs zufriedenstellende Position zu erreichen. Am Lehrstuhl für Literaturwissenschaft hat man mir eine Stelle als Assistentin angeboten, allerdings zeitlich befristet und schlecht bezahlt.«

»Und dein Freund Viktor, kann der dich denn nicht bei seiner Zeitung unterbringen?«, fragte Anna.

Natürlich hatte Vera über solche Fragen auch schon mit Viktor gesprochen. Aber der hatte ihr wenig Hoffnung gemacht. Auch bei der Zeitung waren Volontärsstellen rar und obendrein miserabel honoriert. Vera hatte auch nicht den Eindruck, dass Viktor an einer solchen beruflichen Nähe interessiert war.

»Vielleicht kannst du ja bei einer Zeitung oder einem Magazin als freie Mitarbeiterin anheuern und Artikel verfassen«, meinte Konrad. »Du bist doch sprachgewandt und weißt dich zu behaupten.«

»Ja ja, das ist alles schön und gut, aber in meinem Alter ist das nicht so leicht – die jüngeren Nachwuchstalente drängen auf den Markt, da bleibt für mich ›alte Frau‹ nur wenig übrig« meinte Vera kokett.

Aber sie hatte ja von Anfang an nicht so sehr an den praktischen Ertrag ihres Studiums gedacht. Sie hatte das alles – Familienauflösung, eigene Behausung und Studium – als späte Bemühung um Selbstständigkeit und die Aktivierung der eigenen Kräfte gesehen.

45

Anna und Konrad sitzen am Frühstückstisch. Sie sprechen über die Einladung, die gestern mit der Post gekommen war. Es handelt sich um ein Bankett in Annas Traditions-Kreisen, die solche Einladungen schon drei Monate vor dem Fest-Datum zu verschicken pflegen. Konrad hat inzwischen wie selbstverständlich Zugang zur sogenannten »Gesellschaft« gefunden – einmal natürlich als Ehemann und dazu als anerkannter prominenter Architekt.

Die beiden machen sich Sorgen um Moritz, der erkrankt ist. Die Krankheit kam schleichend – Moritz fühlte sich gelegentlich, aber zunehmend schwach. Der Hausarzt war überfordert und zog einen Spezialisten zu Rate. Anna hatte böse Ahnungen. Sie dachte an ihre früh verstorbene Mutter, bei der es auch so angefangen hatte. Der Facharzt bestätigte ihre Befürchtung: Moritz war an Leukämie erkrankt und die Behandlungsmöglichkeiten hatten sich seit dem Tod der Mutter zwar verbessert – aber den entscheidenden Durchbruch hatte es noch nicht gegeben. Man konnte die Entwicklung der Krankheit allenfalls verlangsamen, wozu die besorgten Eltern alles Erdenkliche unternehmen würden – koste es was es wolle.

Dazu kränkelte auch Annas Vater, der alte Banker. Er war gerade achtzig geworden und ließ sich nur noch selten in der Bank sehen. Er sah mit Befriedigung, dass seine Tochter den »Laden« im Griff hatte. Er würde es wohl nicht mehr lange machen, dachte Anna. Dann käme auch für sie der Abschied von den ursprünglichen Wurzeln.

Wenn jetzt auch noch Konrad einbräche, dann würde womöglich ihr ganzes Lebensgerüst zusammenstürzen.

Nach außen, und vor allem gegenüber ihrem Mann, verbarg sie ihren Kummer und ihre Ängste. Sie gab sich zuversichtlich und in Grenzen heiter. Aber Konrad ließ sich nicht täuschen. Er kannte seine Frau inzwischen zu gut. Er wusste, wie diszipliniert sie war und wie eisern sie um ihr Lebensglück kämpfen würde. Er wusste aber auch, dass er gerade jetzt seiner Frau zur Seite stehen müsse und sie nicht durch eigenes Tun zusätzlich beunruhigen dürfe.

Trotzdem war es eines Tages soweit. Nach einer anstrengenden Sitzung, bei der es um die Realisierung und die endgültige Kostenfestlegung eines Großprojekts gegangen war, hatte er dem inneren Druck nicht mehr standhalten können. Er hatte seiner Frau schon vorher signalisiert, dass es sehr spät werden würde und dass er anschließend im Penthouse bleiben wolle, da er dort auch am anderen Morgen wieder sehr früh präsent sein müsse.

Das war so schon gelegentlich vorgekommen und Anna war nicht übermäßig beunruhigt. Trotzdem fühlte sie, dass genau dies eine der gefährlichen Situationen war. Aber sie gab sich gelassen. Sie wollte Konrad nicht durch ihr Misstrauen zusätzlich belasten.

Im Casino war es dann wie immer. Nach der langen Abstinenzzeit war sein Spielhunger gewaltig – stärker als je zuvor. Seine Absicht, vorsichtig zu beginnen und sich bei den Einsätzen zu mäßigen, waren im Nu verflogen. Schon nach wenigen Minuten hatte ihn das berüchtigte Rausch-Gefühl wieder im Griff. Er spielte an mehreren Tischen und hatte einen sensationellen Einstand. Er gewann wie in Trance und strich wie selbstverständlich Riesengewinne ein.

Nach einer guten Stunde hatte er die Taschen voller Jetons und dachte kurz daran, nach diesem hervorragenden und überraschenden Ergebnis nach Hause zu fahren. Denn er wusste ja, dass diese positive Tendenz keine Einbahnstraße war und dass der Einbruch unweigerlich kommen würde. Aber er konnte nicht aufhören – er brachte es nicht fertig. Alle Vernunftsgründe konnten gegen seine rauschhafte Gier nichts ausrichten und er spielte weiter.

Aber dann kam die Wende – das gewonnene Geld schmolz dahin. Bald hatte er auch seinen Grundeinsatz verspielt und strapazierte seine Kreditkarte. Bei Casinoschluss verließ er mit einem verheerenden Minus den Tatort. Im Penthouse angekommen trat er sofort auf die Terrasse, sog die frische Nachtluft ein und schaute über die Stadt.

Er dachte an die letzten Stunden. Es war wie zuvor gewesen – es hatte sich nichts geändert – besser, er hatte sich nicht geändert. Alle in der fast dreijährigen Abstinenzzeit angehäuften guten Absichten waren wie ein Kartenhaus zusammengebrochen. Das alles wäre ja nicht so schlimm gewesen, wenn er den Einbruch als einmaligen Vorgang betrachten und nun wieder in den abstinenten Alltag zurückkehren würde.

Das nahm er sich zwar vor, aber er wusste, dass ihm dieser Vorsatz nicht helfen würde. Er hatte ganz schlicht wieder »Blut geleckt« und dürstete nach Rache für seine Niederlage. Konrad, sonst so sachlich, war in diesem einen Punkt einfach »außer sich« und vernünftigen Überlegungen nicht zugänglich. Er wusste, dass er total einbrechen könnte und nun, da er Familie mit ihren Problemen und Krankheiten hatte, war alles noch viel gefährlicher.

Wenn er an die Wiederbegegnung mit seiner Frau dachte, die ihm so sehr vertraut hatte und der er auch von seinem Ausflug nichts erzählen würde, wurde ihm schlecht vor Scham. Er musste alles tun, damit es bei diesem einen Ausrutscher bliebe. Anderenfalls konnte er für sich und sie alle nur das Schlimmste befürchten.

46

In der alten Villa im Park herrschte Trauer. Der alte Bankier war gestorben. Man hatte ihn unter zahlreicher Beteiligung seiner alten Freunde und Bekannten zu Grabe getragen.

Einige Tage nach der Beerdigung saßen Anna und ihr Gast Vera beim Tee. Beide hatten sich ein wenig angefreundet. Konrad war anlässlich der Einweihung eines von ihm geplanten Sportzentrums auf Reisen. Die Frauen hätten unterschiedlicher kaum sein können. Die umtriebige, intelligente Vera und die kluge, ruhige, fast ein bisschen abgehobene Anna.

Vera hatte die Vierzig nun überschritten, mit Bravour vor drei Jahren ihr Examen gemacht und zunächst den Assistentenposten am Lehrstuhl für Literaturwissenschaften angenommen. Sie musste ja irgend etwas tun, und wenn es noch so schlecht bezahlt wurde. Ihre Befindlichkeit war ambivalent. Einerseits war sie stolz und glücklich darüber, aus eigener Kraft etwas erreicht zu haben. Andererseits war sie auch frustriert. Doch das lag nicht nur an den beruflichen Dingen.

Ihre Beziehung zu Viktor war zu Ende gegangen. Der um so vieles ältere Freund hatte sie verlassen und kurze Zeit darauf eine jüngere Redakteurin geheiratet. Die Beziehung, so vermutete Vera, war wohl schon einige Zeit zu ihrer eigenen parallel gelaufen, was Viktor natürlich verschwiegen hatte.

Vera hatte selbst, zumindest einige Jahre lang, an eine engere Verbindung mit Viktor gedacht. Dieser hatte aber ablehnend reagiert. Vera war seiner Meinung nach zwar eine anregende Geliebte und auch eine interessante Partnerin, aber nur bei räumlicher Distanz. Für eine enge Verbindung unter einem Dach war sie dem vorsichtigen und ruhigen Viktor einfach zu clever und in letzter Zeit auch zu besserwisserisch und pedantisch geworden.

Nun hatte sie nur noch den »schwarzen Asketen« – und den musste sie obendrein mit einer wesentlich jüngeren und hübschen Studentin teilen. Das junge Paar hatte es mit dem Studium ruhiger angehen lassen als Vera und schickte sich erst jetzt zum Endspurt an.

Auch der Asket wusste noch nicht, wie es mit ihm weiterginge. Aber schließlich war er erst Dreißig und noch beweglich genug, um sich voran zu bringen. Er besuchte Vera auch nach wie vor und ließ sich von ihren Kochkünsten verwöhnen. Aber Vera war klar, dass dieses Verhältnis eine Zeitbombe war, die jederzeit hochgehen konnte. Dann würde sie, zumindest vorläufig, ganz allein sein.

Ihre beiden Söhne kamen nicht recht voran. Mathias hatte sein Studium beendet. In den Ferien hatte er auch seine Mutter öfters besucht und ihr von seinem Leben, und vor allem von seinem Studium erzählt.

Er hatte es sich ganz anders vorgestellt – viel schulischer und mit fest umrissenen Lehrprogrammen. Stattdessen herrschte an der Akademie die totale »Freiheit und Formlosigkeit der Lehre«. Die Professoren waren in der Regel bekannte und erfolgreiche Maler und Bildhauer. Sie erschienen eher selten und man musste schon sehr genau hinhören, um von ihren knappen Bemerkungen etwas Wesentliches aufzufangen. Es war ja auch so schwierig, über Kunst zu reden – das wusste Mathias. Und so fing er mit weit geöffneten Ohren die Kommentare der Maler-Fürsten auf: »Etwas schärfere Konturen« – »klarere farbliche Abgrenzungen« – »hier die Farben ein bisschen zurücknehmen« – »das ganze Farbspektrum auch heller gestalten« – »dabei bloß nicht zu freundlich werden«. Das waren einige der verbalen Brocken, die er von den »Halbgöttern« auffing. Die dabei anwesenden Assistenten versuchten anschließend, so gut sie konnten, den Wortsalat in brauchbare Anweisungen umzusetzen.

Vera verfolgte solche lebhaften und leicht resignierten Schilderungen ihres Ältesten interessiert. Sie hatte zum Bereich der bildenden Kunst zwar keinen rechten Zugang – aber die Ernsthaftigkeit ihres Mathias machte Eindruck auf sie. So zurückhaltend und bescheiden wie sein ganzes Auftreten war, würde er es sicher besonders schwer haben.

Erfolg war keineswegs vorgezeichnet, aber zum Glück hatte er ja seinen reichen Vater, dachte sie.

Ulrich hatte mit großer Mühe sein Abitur gemacht und hing zu Hause herum. Er konnte sich zu nichts Rechtem aufschwingen und bastelte handwerklich geschickt, wie er war, an den verschiedensten Ideen herum. Zum Studieren hatte er sich erst nach ernsthaften Vorhaltungen seines Vaters aufgerafft. Nach einem kurzen Gastspiel bei den Informatikern hatte er sich erst kürzlich bei den Industriedesignern eingeschrieben. Das kam wohl seinen handwerklichen Ambitionen am nächsten.

Vera hatte kein großes Zutrauen in die Zielstrebigkeit ihres Jüngsten, der ganz offensichtlich die eher lethargische Art seines Vaters geerbt hatte, leider aber nicht dessen Geschäftstüchtigkeit und auch nicht ihren eigenen Ehrgeiz.

Man musste befürchten, dass beide Jungen, so unterschiedlich sie waren, es nach bürgerlichen Maßstäben kaum »zu etwas bringen« würden. Mathias wegen der besonderen Schwierigkeiten seines Metiers und seiner mangelnden Durchsetzungskraft, Ulrich wegen seiner Lethargie und Ziellosigkeit.

Dabei waren beide Söhne bemerkenswert menschlich und überaus sympathisch. Sie gaben sich jederzeit hilfsbereit und freundlich. Damit unterschieden sie sich deutlich von ihren schwierigen Eltern. Man konnte an ihnen weder die bäuerlich-verschlagene Geldgier des Vaters noch die opportunistische Grundeinstellung der Mutter beobachten. Vielleicht war aber auch die Erwartung der großen Erbschaft ein Grund für ihre menschlich-freundliche Gelassenheit.

Vera begann das Gespräch mit Anna. »Wie geht es denn deinem Sohn, haben die verschiedenen Therapien irgendwie angeschlagen?«

»Nein, auch die renommierten Kapazitäten auf diesem Gebiet hatten nichts anderes anzubieten als Methoden und Arzneien zur Verlangsamung der Krankheit.«

»Und wie geht es Moritz in der Schule?«, fragte Vera.

»Wir mussten ihn, auch auf Anraten der Ärzte, von der Schule nehmen. Moritz war den strengen Anforderungen des Stunden-Rhythmus und den präzise vorgeschriebenen Lehrmethoden nicht mehr gewachsen – von Sportstunden ganz abgesehen – aber da hatte er sich ja nie besonders hervorgetan.«

»Und nun, wie geht es mit ihm weiter?«

»Wir haben zwei Privatlehrer angeheuert, die ihn hier zu Hause unterrichten und auf sein Abitur vorbereiten.«

»Ist Moritz denn über seinen Zustand informiert. Kann er eine solche Last überhaupt tragen, mit seinen zwanzig Jahren?«

»Er weiß Bescheid. Allerdings haben wir ihm die Endgültigkeit der Krankheit und die wahrscheinliche Unheilbarkeit bisher verschwiegen. Wir haben es nicht übers Herz gebracht, ihm seine Hoffnung zu nehmen. Er ist auch nicht mutlos – jetzt gerade sitzt er mit einem Freund in seinem Zimmer und spielt mit ihm Schach. Das ist eine besondere und leidenschaftliche Neigung. Wenn Konrad zu Hause ist und Zeit hat, spielen auch die beiden miteinander, wobei Moritz seinen Vater fast immer besiegt, was ihm viel Freude macht.

»Und wie geht es dir und deinen Söhnen?«, fragte Anna dann, um vom Thema Moritz abzulenken. Es hatte ja wenig Sinn, über ein offenbar unlösbares Problem zu reden.

»Mathias hat sein Examen gemacht und müht sich, mit seiner Malerei Fuß zu fassen, was mit Sicherheit schwierig sein wird. Er ist wohl ganz gut. Jedenfalls sagen das seine Lehrer. Auf dem Kunstmarkt geht es aber, soviel habe ich inzwischen davon mitgekriegt, genauso rabiat zu wie im sonstigen Wirtschaftsleben. Wegen der Formlosigkeit des ganzen Geschehens, zum Beispiel des Kunsthandels und der Ausstellungsprozeduren ist sogar alles noch schlimmer. Man braucht außer profundem Können wohl ein besonderes Maß an Ellbogenmentalität. Und die besitzt unser ›Sensibelchen‹ Mathias nun mal nicht.«

»Und Euer Jüngster – was macht Ulrich?«, fragte Anna teilnahmsvoll.

»Mit dem ist es noch schlimmer. Der trödelt nur herum, versucht dieses und jenes – ohne Zielvorstellungen.«

»Das hört sich ja alles nicht gerade optimistisch an«, so Anna, »aber es ist ja noch nicht zu spät und es gibt ja auch die Spätzünder, die erst nach einigem Suchen auf ihre Spur finden.«

»Möglich ist alles«, sagte Vera resigniert. »Und bei mir selbst läuft es ja auch nicht gerade optimal. Ich hänge jetzt auf diesem Assistentenjob erst mal für einige Zeit fest, ohne Aussicht auf Vorwärtskommen.«

»Hast du es denn mal mit Zeitungsbeiträgen versucht?«

»Doch, schon – ich habe da eine Menge versucht und auch ein paar Beiträge bei mittleren Zeitungen untergebracht – aber das ist auch alles. Es scheint wohl so zu sein, dass man ab einem gewissen Alter nicht mehr viel erwarten kann«, so Vera einsichtig.

»Wie hat sich denn die professionelle Beschäftigung mit der Literatur auf deine Freude am Lesen ausgewirkt? Du hattest doch immer eine so große Freude an Büchern«, fragte Anna noch.

»Meine Liebe zur Literatur wird davon nicht berührt«, sagte Vera etwas abgehoben und es klang wie eine Selbstvergewisserung. »Ganz unabhängig von meinem eher tristen Job. Ich lese eigentlich in jeder freien Stunde. Aber das war schon so, seit ich überhaupt denken kann, und ich habe dabei auch nie an einen bestimmten Nutzwert gedacht. Es macht mir einfach Freude und lenkt mich auch erfolgreich von allen tristen Alltagsdingen und den familiären Problemen ab«, so Vera.

Anna schaute ihre Gesprächspartnerin freundlich und anerkennend an. Sie sagte: »Das ist sicher eine der besseren Methoden, um Abstand von den Bedrängungen des Alltags zu gewinnen.«

Sie dachte aber auch, dass diese eher altersweise Form der Lebensbetrachtung eigentlich nicht recht passen wollte zu Veras ansonsten eher zielstrebigen Art.

47

Die Großbank hatte ihre Zentraldirektion in der Stadt. Konrad unterhielt dort zwei Konten:

Erstens das Geschäftskonto – auf dem alle geschäftlichen Vorgänge abgewickelt wurden – also Honorareingänge, Gehälter für die Mitarbeiter, Abzahlungsraten für die Immobilie »Büroetage und Penthouse« et cetera.

Zweitens das Privatkonto – darauf wurden die Überschüsse des Geschäftskontos von der Bank transferiert.

Auf beiden Konten gab es großzügige Kreditrahmen. Konrad achtete auf peinlich genaue Trennung der beiden Bereiche. Der Kredit des Geschäftskontos wurde nur bei gelegentlichen Engpässen im Atelierbetrieb in Anspruch genommen.

Seinen Privat-Kredit hatte Konrad allerdings hoffnungslos überzogen. Er war wieder total eingebrochen. Er hatte es ja selbst vorausgesehen: Würde er nach der langen Abstinenzzeit auch nur einmal spielen, so käme der ganze Horror wieder in Gang.

Inzwischen hatte er den Einbruch auch vor seiner Frau nicht mehr verheimlichen können – und auch nicht wollen. Das ganze Ausmaß seiner Verluste und der Überziehung seines Kontos hatte er allerdings mit nebulösen Erklärungen verschleiert. Anna wusste nach wie vor nicht, wie sie damit umgehen sollte. Vorsichtig hatte sie die Möglichkeit einer »Selbstsperre« wieder ins Gespräch gebracht, von der ihr Konrad damals erzählt hatte.

Doch Konrad hatte davon, zumindest vorläufig, nichts wissen wollen. Er wolle und könne es nur alleine schaffen, hatte er gesagt. In Wirklichkeit hatte er Angst davor, durch eine solche Selbstsperre sich selbst und sein Lebensgefühl zu kastrieren oder, was noch schlimmer sein würde, durch »gezinkte« Auslandsreisen dann doch wieder am geliebten Zockerspiel teilhaben zu können.

Alle derartigen Überlegungen und Gespräche wurden eines Tages von der Realität eingeholt. Konrad erhielt auf seiner privaten Telefonleitung einen Anruf seiner Bank. Es meldete sich der oberste Boss persönlich, den Konrad von privaten Empfängen her kannte, und der ihm als interessanter Gesprächspartner geläufig war. Natürlich wusste ein so einflussreicher Mann genau Bescheid. Es war ja geradezu seine Pflicht, über seine größeren Kunden informiert zu sein. Schließlich war Konrads Spielsucht schon lange wieder Gesprächsthema. Viele wussten aber auch, dass er durch seine Heirat mit der geschätzten und sympathischen Anna von seiner Sucht, zumindest eine längere Zeit, abgekommen war.

Der Banker kam nach den üblichen Höflichkeitsfloskeln gleich zur Sache. Er bat Konrad um eine baldige Unterredung in der Bank. Es solle ein Gespräch unter vier Augen werden. Konrad sagte sofort zu und man vereinbarte einen Termin in zwei Wochen.

Während dieser Zeitspanne mied Konrad das Casino wie eine Zone des Unheils und versuchte, neben allen Alltagsproblemen einen Standpunkt zu dem vereinbarten Treffen zu gewinnen. Er wusste ja, um was es gehen würde. Der Banker würde ihm in gebotener freundlicher Deutlichkeit den Ernst seiner Lage vor Augen führen und von ihm Erklärungen und Vorschläge zur Bereinigung des finanziellen Ungleichgewichts verlangen.

Und Konrad musste darauf auch antworten, und die Antwort konnte nach Lage der Dinge nur lauten: Langfristiges Herunterfahren der Kreditüberziehung. Darauf würde er sich ja einlassen müssen. Da hatte er gar keine andere Wahl ...

Das Gespräch in den feudalen Direktionsräumen der Bank lief dann auch so ab, wie von Konrad erwartet. Der Banker sprach Konrads Spielsucht nicht direkt an, redete nur allgemein von Gefährdung und dringender Bemühung um Ausgleich. Konrad selbst sprach dann, wenn auch verklausuliert, von einem persönlichen Problem, dem er nun energisch zu Leibe rücken wolle. Er versprach Abhilfe und bat um Gewährung eines ausreichenden Zeitraums zur Beseitigung der Schwierigkeiten.

Dann gab es noch die üblichen konventionellen Erkundigungen

nach Familie und Gesundheit und man ging freundlich und zuversichtlich auseinander.

Das Treffen hinterließ in Konrad zwiespältige Empfindungen. Einerseits war es ihm peinlich, gewissermaßen am Pranger zu stehen. Aber die Scham darüber hielt sich in Grenzen. Schließlich war er ja als Geschäftspartner des Bank-Instituts angesprochen worden – und nicht als Privatmann, obschon die Unterredung den Anstrich einer gewissen Privatheit gehabt hatte. Und Konrad wusste ja, dass nach den Usancen des Bankgewerbes vom Inhalt des Gespräches nichts nach außen dringen würde.

In gewisser Weise war es Konrad auch inzwischen egal, ob und wie die Gesellschaft in dieser Angelegenheit dachte und urteilte. Solange er als Architekt anerkannt bliebe und die Ergebnisse seiner Arbeit den bekannten positiven Widerhall fanden, konnte ihm sein schillerndes Image nicht nur gleichgültig, sondern sogar nützlich sein.

Sein Kernproblem wurde allerdings von solchen Überlegungen nicht berührt. Das musste er nun energisch und mit aller Willenskraft angehen. Eigentlich war er froh darüber, dass jetzt amtlicher Druck auf ihm lastete. Da gab es nun keine Ausreden mehr und auch keine Gefühle. Das liebevolle Verständnis seiner Frau hatte ihm ja nicht helfen können und seine eigenen temporären Selbstverpflichtungen auch nicht. Und er wusste aus langer eigener Erfahrung und der Beobachtung des Casinobetriebes mit all den Zockern, die ihm zwar unbekannt blieben, aber durch ihre ständige Anwesenheit aufgefallen waren, dass offenbar niemand aus eigener Kraft von der lasterhaften Gewohnheit loskam.

Also half nur offizieller Druck und die damit verbundene Angst vor dem Abdrehen des Geldhahnes. Ruin und beruflicher, wie wohl auch privater Absturz würden die Folgen sein. Es gab für Konrad nur noch die beiden Möglichkeiten:

Entweder fügte er sich jetzt dem Diktat seiner Bank – oder er würde abstürzen, mit allen persönlichen und geschäftlichen Konsequenzen.

Er hatte den restlichen Tag mit Arbeit in seinem Atelier zugebracht, konnte sich aber auf nichts konzentrieren. Er dachte an seine Frau. Sollte er ihr von dem Bankgespräch erzählen oder die ganze folgende und nach Lage seines Kontostandes und seiner Auftragssituation vermutlich mehrjährige Phase alleine bewältigen? Er entschied sich für Offenheit und am Abend saß er mit Anna beim häuslichen Essen.

Moritz war vor einigen Tagen zu einem mehrwöchigen Kuraufenthalt aufgebrochen. Sein Befinden hatte sich erwartungsgemäß allmählich verschlechtert. Seine Mutter unternahm, nach Rücksprache mit den Ärzten, alles nur Erdenkliche, um die Krankheit, wenn schon nicht zu stoppen, so doch zu verlangsamen.

Konrad war nicht sicher, wie Anna die Sache aufnehmen würde. War es ihr peinlich? Würde sie durch die offenbar dramatische Lage aufgeschreckt, oder kam ihr der offizielle Druck als Hilfsmittel gerade recht?

»Ich war heute morgen zu einem Gespräch in meiner Bank – der oberste Boss hatte mich zu einer Unterredung gebeten«, begann Konrad, der mit seiner Frau nie über Konten und Zahlen gesprochen hatte. Anna war konsterniert. Wenn sogar der Bankchef, den sie durch geschäftliche Querverbindungen, aber auch von privaten Begegnungen her gut kannte, in Konrads Bankangelegenheiten eingriff, dann musste es ja schlimm um ihn und seine Kreditprobleme stehen.

Sie sagte nichts – schaute ihn nur fragend an und wartete auf weitere Erklärungen.

Konrad trat die Flucht nach vorne an und sagte mit einer gewissen Lust an der Dramatisierung: »Er hat damit gedroht, mir den Geldhahn abzudrehen – in aller Freundlichkeit natürlich.«

»Das ist ja entsetzlich – steht es denn so schlecht mit dir? Es war doch so lange gut gegangen – eigentlich doch Jahre lang. Aber du hast mir ja bei unseren damaligen Gesprächen sehr eindringlich erklärt, dass niemand davon loskäme.«

»Richtig, das habe ich dir gesagt und nun habe ich vor Kurzem selbst wieder den Beweis angetreten für meine These. Ich bin wieder total eingebrochen und nach der langen Abstinenzzeit war alles noch schlimmer und vehementer als vorher. In den Jahren meines Selbstentzugs habe ich die ›Folter‹, wie ich das Spiel ja nenne, nie vergessen – allenfalls habe ich sie verdrängt. Die neue Entwicklung hat auch gar nicht lange gedauert – es waren nur ganz wenige Casinobesuche, die mich in die jetzt entstandene bedrohliche Lage gebracht haben. Ich war nach der langen Pause wie von Sinnen und habe bei den wenigen Spielbank-Besuchen alles nachgeholt, was ich in den Abstinenzjahren versäumt zu haben glaubte«, sagte Konrad sarkatisch.

»Und was willst du nun machen? Was habt ihr vereinbart?«

»Ich habe natürlich zugesagt, dass ich mich um Schuldenreduzierung bemühen würde. Langfristig bis auf die mit der Bank vereinbarte ursprüngliche Kreditlinie – was hätte ich denn anderes sagen können?«

»Hat er denn dein Problem direkt angesprochen?«

»Mit keinem Wort. Dazu sind die Banker ja viel zu diskret. Das weißt du doch aus deiner eigenen Erfahrung mit Bankkunden. Und ich habe auch nur allgemein von einem ›Problem‹ gesprochen. Die Worte ›Casino‹ und ›Glücksspiel‹ sind nicht gefallen.«

»Kann ich dir denn irgendwie helfen? Ich könnte dir doch in unserem Haus einen günstigen Kredit einräumen, mit dem du den vermutlich viel teureren bei deiner Bank ablösen würdest«, bot Anna ihm an.

»Auf gar keinen Fall, ich bin ja nicht ohne Grund bei meiner Bank geblieben, nachdem wir uns verbündet haben. Ich will jede Verquickung finanzieller Art vermeiden. Darum habe ich ja damals bei unserer Heirat Gütertrennung verlangt. Ich wollte dich auf keinen Fall in etwas hineinziehen, und dabei soll es bleiben«, sagte Konrad entschlossen.

»Und glaubst du denn, dass du es schaffst, so ganz alleine?«, fragte Anna noch.

»Ich muss es schaffen – es bleibt mir doch keine andere Wahl. Aber es hängt natürlich von meiner Auftragslage ab. Läuft es im Büro weiter so gut wie bisher, so könnte ich in ca. zwei bis drei Jahren über den Berg sein.«

Anna schaute ihren Mann freundlich und zuversichtlich an. Aber es war doch ein Schatten auf ihre Gefühle gefallen. So weit musste es also kommen. Sie selbst hatte mit ihrer zuversichtlichen liebevollen Art nichts bewirken können, dachte sie – da musste erst die harte und geschäftsmäßige Drohung her, um Konrad zur Räson zu bringen. Wenn es denn überhaupt gelingen würde. Sie war da gar nicht mehr so sicher. Inzwischen hatte auch sie begriffen, welch teuflische Verführungskraft offenbar im Glücksspiel steckte. Sie verstand es nach wie vor nicht, aber sie fürchtete sich und dachte mit Schrecken an die Möglichkeit eines Scheiterns.

48

In der alten Park-Villa herrschte wieder Trauer. Trotz aller erdenklichen Therapien und Kuren hatte man die Blutkrebs-Erkrankung nicht aufhalten können. Moritz war mit 23 Jahren gestorben.

Anna war untröstlich. Auch Konrad trauerte. Er hatte seinen Stiefsohn in all den Jahren liebgewonnen und mit Kummer seinen Niedergang erlebt.

Die beiden waren sich jetzt besonders nahe. Der gemeinsame Schmerz hatte sie noch mehr zueinander geführt. Dazu trug auch der Umstand bei, dass Konrad seit seinem erzwungenen Abstinenzbeginn eisern an seinem Entschuldungsprogramm arbeitete. Er empfand den von der Not diktierten Spiel-Entzug erträglich und freute sich über die langsame Gesundung seines Kontos.

Bei der schlichten Trauerfeier fanden sich fast alle ehemaligen Hochzeitsgäste wieder – auch Vera und Herbert.

Die beiden hatten sich längere Zeit nicht getroffen und sprachen freundlich und ohne erkennbare Bitterkeit oder Aggression miteinander – allerdings fast ausschließlich über Belangloses. Herbert konnte nicht erkennen, wie es seiner Frau ging. Sie waren jetzt zehn Jahre voneinander getrennt und lebten in zwei verschiedenen Welten. Aber das war ja schon so gewesen, als sie noch unter einem Dach wohnten.

Vera spielte die Muntere und sprach von Erfolgen, die es nicht gab. Gewiss waren ja der Emanzipationsvorgang und das beendete Studium beachtliche Schritte in ihrem Leben gewesen. Aber das war auch alles. Schließlich hing sie immer noch auf dem unbedeutenden Uni-Job herum, ohne jede Aussicht auf Vorwärtskommen. Sie durfte schon froh darüber sein, dass man sie trotz ihres inzwischen beträchtlichen Alters überhaupt behielt und die Stelle in eine Dauer-Position mit leicht angehobenen Bezügen umgewandelt hatte.

Von ihren persönlichen Angelegenheiten sprachen die beiden nicht, wohl aber von den beiden Söhnen. Sie waren beide gleichermaßen beunruhigt über deren Entwicklung, hatten aber über die Ursachen für das fehlende Fortkommen nach wie vor unterschiedliche Ansichten, die sie jedoch während der Trauerfeier und dem anschließenden Beisammensein für sich behielten.

Sie saßen mit dem trauernden Elternpaar an einem Tisch und kamen auch mit ihm ins Gespräch. Es war deutlich, dass die Freunde trotz aller Bemühung um Haltung von dem Verlust ihres Sohnes schwer getroffen waren.

Von dem strahlenden Glanz des Paares, der Vera immer ein wenig neidisch gemacht hatte, war zumindest im Augenblick nicht mehr viel übrig. Dazu konnte auch, nach Herberts Meinung, der ja immer mit Nachrichten gut versorgt wurde, Konrads spezielles Problem beigetragen haben. Trotz der Verschwiegenheit der Beteiligten war durchgesickert, dass man Konrad ein finanzielles Ultimatum gestellt habe. Vielleicht war es auch nur naheliegende Spekulation der Klatschmäuler gewesen. Aber es war beobachtet worden, dass Konrad seit einiger Zeit nicht mehr spielte.

Hätte er nun weiter beruflichen Erfolg, meinte Herbert, dann mochte die Sache gerade noch einmal gut gehen.

Als sie alle auseinander gingen, verabredeten die beiden Paare, dass man sich bald wieder einmal zu Viert sehen wolle. Man würde sich anrufen – so lautete die übliche Verabschiedungs-Floskel.

49

Mit Vera ging es rapide bergab. Jetzt war ihr der »schwarze Asket« auch noch abhanden gekommen. Es war keine offizielle Trennung gewesen – der junge Mann hatte einen akademischen Posten an einer entfernten Uni angenommen.

Da die Verbindung ohnehin wegen der großen Altersdifferenz nur ein Bündnis auf Zeit gewesen war, brach der Kontakt sofort und vollständig ab. Obendrein hatte der Asket seine junge Freundin mitgenommen.

Vera hatte die späten Vierzig erreicht und machte sich nicht mehr allzu viele Hoffnungen auf eine Belebung ihres Lebensgefühls. Wenn sich beruflich nicht noch ein Wunder ereignete, bliebe zur Stabilisierung ihres Solisten-Daseins wohl nur der Privatsektor übrig, und so stürzte sie sich zielstrebig in einige kurzlebige Liebes-Affären.

Das erste Opfer war ein unverheirateter Assistent am Lehrstuhl, der sie schon länger mit Blicken und Anspielungen verfolgt hatte. Aber das Verhältnis der beiden war nicht von Dauer. Vera erkannte, dass die »Klassemänner« wohl alle vergeben waren. Der Neue war ein munterer Vogel, aber er hatte nicht Viktors Format und nicht die brillante Arroganz ihres jungen Asketen. Außerdem war er offenbar ein »Frauenheld« und schon nach kurzer Zeit kam Vera dahinter, dass der »Muntere Vogel« ein Mehrkämpfer und wohl nicht ohne

Grund noch Junggeselle war. Er hatte ehrlicherweise auch gar nicht erst von Gefühlen oder gar Liebe gesprochen. Er betrachtete die Beziehung zu Vera wohl nur als Durchgangsstation.

Nach ein paar weiteren Pleiten dieser Art dämmerte es Vera, dass ihre Rolle als Liebhaberin wohl eher zu Ende ging. Jetzt würde es bald soweit sein, dass sie um die letzten verbliebenen Möglichkeiten buhlen musste, und dazu war sie zu stolz.

Ihre Kurz-Amouren waren auch durch ihre zunehmende Zickigkeit belastet worden. In ihrer piekfeinen Wohnung herrschte mehr denn je pedantische Ordnung und Sauberkeit. Ihre Liebhaber fanden ihr Zuhause zwar gediegen und stilvoll, fühlten sich aber in all der perfekten und sterilen Feierlichkeit eher unwohl. Nur mit ihren inzwischen noch verfeinerten Kochkünsten konnte sie weiterhin Freude und Eindruck machen. Ihre Essenseinladungen hatten inzwischen einen ausgezeichneten Ruf.

Das Resultat dieser eher unbefriedigenden Entwicklungen war allmählich zunehmender Frust. Zwar hätte sie es niemals zugegeben – nicht mal vor sich selbst – dass ihr Solisten-Leben in eine Sackgasse führte, aber sie sann doch, clever und schlau, wie sie war, auf langfristige Abhilfe.

Und da fiel ihr natürlich der gute alte Herbert ein, der ja nach gewissen Andeutungen auch eher unlustig in seinen angenommenen Gewohnheiten verharrte.

Sie wollte sich ihm aber auf keinen Fall andienen. Wenn eine Wiederannäherung überhaupt in Frage käme, so müsste die Sache von ihm ausgehen, meinte sie. Erst dann könnte sie ihrerseits Bereitwilligkeit signalisieren und vielleicht auch das eine oder andere Zugeständnis machen.

50

Das traditionelle Atelierfest im Büroturm war einige Jahre ausgefallen. Trauerfälle und Konrads spezielle Situation waren die Gründe dafür gewesen. Jetzt aber, zu seinem »Sechzigsten« sollte wieder einmal gefeiert werden. Zwanzig Jahre waren seit der Einweihung des Hauses vergangen, und sie näherten sich alle deutlich dem Alter.

Konrad hatte inzwischen seinen Bürochef zum Teilhaber gemacht, der ihn mit seiner tüchtigen und umsichtigen Arbeitsweise und viel organisatorischem Geschick den Rücken frei hielt.

So konnte Konrad sich ganz auf den attraktiveren Teil der Architekten-Tätigkeit konzentrieren – nämlich die Akquirierung von Aufträgen und die reine Planungsarbeit, also das »Ausbrüten« von ersten Projekt-Ideen.

Allmählich hatte er mit zäher Energie und eisernem Festhalten am Casino-»Boykott« auch seine Geldangelegenheiten wieder weitgehend unter Kontrolle gebracht. Seine Ehe mit Anna hatte einen freundlich-friedlichen Charakter angenommen. Man achtete sich – ja man liebte sich auch noch, wenn auch inzwischen auf eine eher abgeklärte Weise. Nur noch ganz selten kam es auch zu erotischen Annäherungen, die inzwischen die Merkmale zärtlicher Gewohnheit angenommen hatten.

Der gesellschaftliche Umgang war wieder intensiver geworden. Freunde und Bekannte befanden sich ja alle in ähnlichen Situationen: Die Kinder lange aus dem Haus, Freude und Ärger über die nachrückende Enkelgeneration und Ausruhen auf dem jeweils erreichten Status. Um der Langeweile des allseits abgesicherten Lebens zumindest gelegentlich zu entkommen, verlustierte man sich am Reigen der ständigen Einladungen und Gegeneinladungen.

Anna und Konrad beteiligten sich an diesem Reigen, obwohl sie in ihren internen Gesprächen eher abschätzig darüber urteilten. Aber so war es eben – man machte mit und entging damit dem ständigen Befassen mit sich selbst.

Für Konrad brachten die vielen Festlichkeiten häufig materiellen Gewinn. Bei diesen »Meetings« wurden nicht selten neue Projekte »angeschoben«. Und die brauchte er ja – um seinen Atelierbetrieb in Gang zu halten. Sein Bürochef war in der Beziehung weniger begabt. Ihm fehlten die dazu nötigen gesellschaftlichen Kontakte. Somit ergab sich auch da eine gesunde Arbeitsteilung.

Manchmal dachte Konrad an seine frühere Zockerei. Das entscheidende Gespräch in der Bank lag nun einige Jahre zurück. Man hätte denken können, dass er endgültig von dem unseligen Trieb geheilt sei. Aber er wusste genau, dass dieser Trieb nur schlummerte wie eine vorübergehend zum Stilltand gekommene Krebsgeschwulst. Bei entsprechender »Anregung« konnte die Geschwulst oder eben der Trieb wieder aufbrechen und dann womöglich, nach der langen Ruhezeit, schlimmer denn je Gestalt annehmen ...

Die Geburtstagsfeier im Büroturm wurde ein Zwei-Generationen-Fest. Die Architekten-Schar der Mitarbeiter bildeten mit ihren Partnern die Jungenfraktion – Konrad mit seinen Freunden und Bekannten stellte die Gruppe der Älteren.

Die äußeren Rahmenbedingungen hatten sich kaum verändert – die Musik war flott und hatte sich dem Zeitgeschmack angepasst – für Essen und Trinken war reichlich gesorgt. Auch die alten Freunde waren geladen und gerne gekommen. Viktor, fast schon im Pensionsalter mit seiner Ehefrau, Vera und Herbert sowie Christoph mit seiner Frau.

Von Vera und Herbert wusste man, dass sie sich wieder einander angenähert hatten. Anna wunderte sich darüber. Aber Konrad hatte nur lapidar geäußert: »Vera sind die Felle weggeschwommen, also hat sie sich auf ihren alten Herbert besonnen. Sie kann die Wiederannäherung obendrein mit der gemeinsamen Sorge um die beiden Söhne begründen, die wohl nach wie vor nicht recht voran kommen.«

»Du meinst«, hatte Anna geantwortet, »Geld und Opportunismus haben sich wieder vereinigt?«

»Ja sicher, und da passt es ja gut, dass sie damals erst gar nicht geschieden wurden.«

Das Fest verlief munter. Die Mischung Alt-Jung tat der Stimmung gut und man feierte bis tief in die Nacht. Auf der großen Außenterrasse ergab sich ein differenziertes Bild: Die Jungen schmusten und knutschten in den dunklen Winkeln, während die Alten herumstanden. Und mit der nötigen Unterfütterung durch Alkohol kamen dabei sogar hitzige Diskussionen zustande.

Vera und Viktor tanzten miteinander. Vera dachte dabei wehmütig an ihre erste Begegnung zurück, die nun zwanzig Jahre zurücklag. Während die meisten Alten den Verlust von »Sturm und Drang« mit Gefasstheit und Würde ertrugen, haderte Vera im stillen mit ihrem Leben. Es war ihr nie gelungen, ihre Ansprüche mit den Realitäten in Einklang zu bringen – sie hatte sich ganz einfach vom Leben mehr versprochen.

51

Mathias war nach wie vor vom Geld seines Vaters abhängig. Er hatte mit zwei Studienfreunden den Dachboden eines Altbaus zu einem Gemeinschaftsatelier ausgebaut. In dieser Gruppe ließ sich die bisherige Erfolglosigkeit am ehesten ertragen. Die gegenseitige kritische Überprüfung ihrer Arbeiten brachte obendrein alle voran.

Mathias' Stärke war die figurative Darstellung. Er arbeitete nach Fotos und Eindrücken aus seinen aufmerksamen Erkundungsgängen in der Stadt und vor allem in den Straßen- und U-bahnen. Wenn es möglich war, skizzierte er auffällige Personen in seinem immer griffbereiten Zeichenblock. Aber auch sein fotografisch präzises Gedächtnis half ihm. Für die Anmietung von Lebendmodellen fehlte das Geld.

Die drei Malerfreunde hatten einen jungen Galeristen dafür gewinnen können, mit ihnen eine Gemeinschaftsausstellung zu wagen. Der Galerist versprach sich von der Mischung aus drei verschiedenen Sujets Aufmerksamkeit. Mathias mit seinen Figuren, die beiden anderen mit architektonischen Phantasien und abstrahierten Landschaften.

Jeder der drei jungen Maler hatte Verwandte und Freunde eingeladen – Mathias seine getrennt lebenden Eltern. Vera war dieser offizielle Anlass hoch willkommen. Sie verabredete mit Herbert, dass man schon aus technischen Gründen am besten gemeinsam die lange Fahrt von Nord nach Süd unternehmen sollte.

Die Vernissage wurde ein Misserfolg. Zwar waren eine Menge Leute da, hauptsächlich aus dem persönlichen Umfeld der drei Maler. Wie bei solchen Anlässen üblich, wurde wenig geschaut, dafür aber viel getrunken und palavert.

Herbert fragte Vera, ob man nicht mit einem Bilderkauf Leben in die Sache bringen könne – um Nachahmungstäter zu animieren. Sie empfahl ihm, im Einverständnis mit dem Galeristen, zwei Bilder von Mathias mit roten Verkaufspunkten zu dekorieren.

Aber auch diese Animations-Punkte setzten keine Nachahmungswelle in Gang. Immerhin saßen alle Beteiligten nachher noch in einer Kneipe beisammen und die drei Jung-Künstler bekundeten ihre Absicht, unverdrossen weiter zu machen.

Die Rückfahrt der Eltern gestaltete sich weitgehend schweigsam. Die Ausstellung hatte ihnen eindringlich gezeigt, wie schwer es die jungen Künstler hatten und wie wenig darauf hindeutete, dass sich Erfolge einstellen könnten.

Vera rührte das Thema »Wiederannäherung« nicht an. Sie spürte instinktiv Abwehr bei Herbert. Die Tatsache, dass auch er nicht recht wusste, wie es mit ihm weitergehen würde, war ja kein Hinweis auf Bereitwilligkeit.

Der kühle Rechner Herbert hatte das Scheitern ihrer Ehe als Folge fehlender Gemeinsamkeiten zwar als zwangsläufig hingenommen.

Aber ihren jahrelangen, raffiniert getarnten Betrug würde er ihr wohl nie verzeihen können. Sie hatte ihn, der in seinen Geschäfts- und Finanzdingen so perfekt funktionierte, ganz schlicht zum unsensiblen Tölpel abgestempelt und obendrein den Familienfrieden gestört.

Aber Vera war schlau und ausdauernd in der Verfolgung einmal beschlossener Absichten. Als beide Söhne wieder einmal gemeinsam in der Stadt weilten, lud sie die beiden zu einem Abendessen ein. Sie fragte Mathias und Ulrich, ob sie einverstanden seien, wenn auch Herbert dazu käme. Es kam freudige Zustimmung der beiden. Sie fanden es prima, wenn sie mal wieder alle zusammen säßen. Also kam auch Herbert. Er hatte Veras Wohnung seit ihrer Trennung nicht betreten und fühlte sich, zumindest am Anfang, eher unwohl. Die penetrante Akkuratesse und Keimfreiheit der Atmosphäre wurde dann aber durch das perfekte Dinner ausgeglichen. Vera hatte alles aufgeboten und man speiste vorzüglich. Der gute Wein sorgte für Stimmung und man wurde lebhaft und richtig laut. Mathias und Ulrich schwärmten von alten Zeiten. Sie genossen ganz offensichtlich den familiären Scheinfrieden. Herbert fühlte sich schon bald zu einer Gegeneinladung animiert. Auch er hatte inzwischen ein wenig am Kochtopf experimentiert, verließ sich aber lieber auf seine gute Köchin.

So kam es allmählich und behutsam zu weiteren Kontakten, bei denen Vera schweren Herzens und gegen ihre Überzeugungen einige Zugeständnisse machte. Herbert empfand trotz seiner Vorbehalte eine gewisse Genugtuung darüber, dass Vera so geschmeidig agierte und sich sogar als Begleitperson bei einem seiner Clubfeste einbrachte. Die Sportkameraden reagierten eher kühl – zumindest die Älteren hatten Veras hochmütigen Sport- und Clubboykott noch in Erinnerung. Auch als Co-Pilotin beim Segelfliegen stand Vera bereit, und eines Tages fand sie sich nach einer alkoholgeprägten Einladung zu ihrer eigenen Überraschung in Herberts Bett wieder.

Obschon Herbert wusste, dass er all diese kleinen und größeren Zugeständnisse ausschließlich ihrer Alternativlosigkeit zu verdanken hatte, genoss er das alles wie einen späten Sieg.

52

Herbert hatte ein altes Chateau im Nachbarland gekauft. Als er den Kaufvertrag unterschrieb, kam er sich ziemlich abenteuerlich vor. Er dachte an seinen Vater zurück und an den Mühlenhof.

Der Vater hätte ihn ja glatt als Hochstapler bezeichnet. Dabei dachte Herbert kaum anders als der grimmige Alte. Er hielt seine Nachkommen ebenfalls als Erben für ungeeignet. Er war überzeugt davon, dass sie mit all dem Geld und den anderen Besitztümern eher ungeschickt umgehen würden. Auch Vera dachte so.

Die Wiederannäherung der beiden Ehepartner lag inzwischen schon fünf Jahre zurück. Die Verbindung war eine solide und dauerhafte Notgemeinschaft geworden. Beide waren zu Hause in ihren getrennten Wohnbereichen geblieben. Herbert hatte zwar einige Zeit den Verkauf des aufwendigen Hauses erwogen, dann aber doch alles beim Alten gelassen. Teilweise aus Trägheit und Angst vor Veränderung, aber auch, um seinen Söhnen, die nach wie vor unsicher und erfolglos herumstolperten, ein dauerhaftes Zuhause zu bieten.

Beide Söhne hatten die Mitte der Dreißig inzwischen erreicht und es sah nicht danach aus, dass sie oder einer von beiden jemals eine eigene Familie gründen würden. Mathias hatte seit langem eine fast gleichaltrige Freundin – natürlich auch eine Künstlerin. Beide hatten für sich eine bürgerliche Lebensform mit »Kind und Kegel« ausgeschlossen. Sie wurden ja nicht einmal mit sich selbst fertig ...

Ulrich war ein Streuner. Er wechselte die Freundinnen wie seine vielen Neuanfänge und Ideen, die ihn in rascher Abfolge beschäftigten.

Das alte Paar reiste viel herum, meist in das geliebte Nachbarland und auf einer dieser Reisen, bei denen sie immer in Hotels und in zwei Zimmern wohnten, war die Idee eines festen Domizils geboren worden.

Genau genommen hatte Vera die Idee und sie dann allmählich dem geizigen Herbert schmackhaft gemacht. Herbert misstraute seiner Frau nach wie vor zutiefst und witterte hinter allen Vorschlägen irgendwelche Fallgruben. Aber diesmal war er doch sicher, dass er das Richtige tat. Die ständige Hotelbucherei hatte ihn genervt und er wusste ja, dass Vera bei der Akquirierung eines solchen Besitzes und vor allem bei der Ausgestaltung ihre Stärken zeigen könnte.

Auch die Söhne waren von der Idee begeistert – davon konnten sie doch profitieren und gelegentlich »Schlossbesitzer« spielen.

Zu Hause hatte sich wenig verändert. Vera hatte den ungeliebten Uni-Job aufgegeben und brachte hier und da einen Artikel in einer Zeitung unter. Gesellschaftliche Kontakte waren eher rar geworden – nur mit Anna traf Vera sich gelegentlich. Anna war eine rechte Alters-Schönheit geworden. Sie trug ihr inzwischen eisgraues und immer noch sehr dichtes Haar genau wie in jüngeren Jahren und verzichtete darauf, es einzufärben. Ihre Garderobe war gediegen und elegant wie eh und je und nur dem Älterwerden ein wenig angepasst.

Sie ging nach wie vor jeden Tag in die Bank und erfüllte eisern ihr Arbeits-Pensum. Ein wenig mitteilsamer war sie geworden. So erfuhr Vera, dass Konrad sehr unter dem Alterungsprozess litte und am Nachlassen seiner kreativen Kräfte. Stattdessen hatte er sich wieder, offenbar diesmal aus Frust über den allgemeinen Niedergang, dem Spiel ergeben. Er sprach nun offen mit seiner Frau darüber, die wohl nichts dagegen tun konnte. Aber sie hatte ihn dringend gebeten, wenigstens innerhalb seiner Kreditgrenzen zu bleiben.

Vera erzählte vom Nachbarland und dem schönen Besitz. Sie wünschte sich, dass Konrad und Anna sie dort einmal besuchen würden. Anna versprach es, aber sie ahnte, dass Konrad sich zu einer solchen Unternehmung kaum überreden lassen würde. Er war unleidlich und fast ein wenig menschenscheu geworden. Auch in sein Atelier ging er nur noch selten. Er überließ fast alles seinem tüchtigen Teilhaber.

Vera und Herbert hatten nach einigen Jahren im geographischen Umfeld ihres Schlösschens einige Bekanntschaften gemacht – »Emigranten« aus dem nördlichen Europa. Sie waren alle vor dem kühlen und regnerischen Klima geflohen und vor ihren jeweiligen Vergangenheiten. Hier konnten sich alle neu erfinden und die Ängste und Nöte ihrer jüngeren Jahre ausblenden. Wie eben auch Vera und Herbert, die vor den anderen Alten das harmonische und intakte Paar spielten. Einheimische des Landes, das sie alle beherbergte, waren nicht unter der neu zusammengefügten Bekanntenschar. Die hielten sich, bei aller Freundlichkeit, traditionell nur an ihresgleichen.

Als die Eltern und ihre beiden Söhne wieder einmal gemeinsam im »Haus« weilten und dort zusammen das Weihnachtsfest verbrachten, kam eine schreckliche Nachricht von zu Hause. Einer von Herberts Club-Freunden rief an: Konrad war, offenbar auf der Rückfahrt von einem Casino-Trip, mit dem Auto verunglückt. Die Polizei hatte von der Möglichkeit eines »Sekundenschlafes« gesprochen, da kein anderer Verkehrsteilnehmer im Spiel gewesen war. Aber einige der Bekannten hatten den Verdacht geäußert, dass es sich um einen untauglichen Selbstmordversuch gehandelt haben könne.

Es war durchgesickert, dass Konrad wieder total eingeknickt war und alle Vereinbarungen mit seiner Hausbank gebrochen hatte.

Aber Konrad lebte noch. Er hatte einen Brückenpfeiler gestreift und war dann gegen die Leitplanken geschleudert worden. Schwere äußere und innere Verletzungen sowie ein Gehirn-Trauma wurden diagnostiziert.

Vera und Herbert waren wie erschlagen. Die Nachricht traf sie wie ein Keulenschlag. Auch Mathias und Ulrich waren schockiert.

Herbert fing sich als Erster: »So oder ähnlich musste es ja irgendwann kommen. Ich kenne Konrad jetzt seit 40 Jahren und schon damals hatte er diese unselige Neigung.«

Vera sagte nichts. Sie dachte an Anna. Wie konnte es denn sein, dass eine so strahlende und unbeugsame Frau derart massiv gebeutelt wurde?

Erst die jung verstorbene Mutter, später der Tod des geliebten Vaters. Der kranke und früh verstorbene Moritz und dann dies: Das jahrelange Leben mit der Gefahr des Absturzes und nun die schreckliche Realität. Das war doch eigentlich zuviel für einen einzigen Menschen, dachte Vera. Es war ungewöhnlich für sie – aber sie weinte. Mathias legte ihr tröstend den Arm um die Schulter.

Als die Familie nach Neujahr wieder zu Hause war, empfing sie die Nachricht von Konrads Tod.

Eine riesige Trauergemeinde fand sich zur Beerdigung zusammen. Anna schritt allein hinter dem Sarg, tief verschleiert und wie immer in aufrechter Haltung.

Sie hatte einer kirchlichen Trauerfeier zugestimmt, obwohl weder sie noch ihr Mann zu den Heilsgewissheiten der Kirche irgendeinen Zugang hatten. Der junge Pfarrer gab sich Mühe. Er wusste wohl nichts Genaues über den Toten und den Todesfall und verließ sich bei seiner Trauer-Predigt auf die Bibel, die ja für jeden erdenkbaren Fall menschlichen Befindens die passenden Antworten bereit hielt.

Zu dem anschließenden Beisammensein hatte Anna nur ein paar enge Freunde, dafür aber die komplette Architektenmannschaft gebeten. Den jungen Frauen und Männern merkte man ihre Betroffenheit deutlich an. Gewiss war Konrad ihnen zuletzt ziemlich abgehoben erschienen, wenn sie ihn überhaupt noch gelegentlich sahen. Aber sie verehrten ihn als Senior-Chef und Begründer ihrer großen Erfolge.

Ausgerechnet einen von den ganz jungen Architekten, der wegen seiner künstlerischen Fähigkeiten und seiner rhetorischen Begabung schon länger als Wortführer der Mannschaft galt, hatten sie dazu bestimmt, ein paar Worte zu sagen.

Der junge Mann machte seine Sache erwartungsgemäß gut. Er sprach nicht von Tod und Unfall sondern eher allgemein von der Kunst und den Gefährdungen der Protagonisten, die immer in der Konfliktzone zwischen Utopie und harter Realität lebten. So habe wohl auch der Verstorbene sein Berufsleben erfahren.

Anna bedankte sich bei dem jungen Sprecher und auch allen anderen für die offensichtlich aufrichtige Anteilnahme.

Dann ging man auseinander. Vera und Herbert boten Anna ihre Hilfe für jeden erdenklichen Fall an und luden sie, wann immer sie wolle, zu einem Besuch in ihr Ferienhaus ein.

Aber die beiden waren sicher, dass Anna von dieser Einladung keinen Gebrauch machen würde. Sie fuhren bedrückt nach Hause und blieben am Abend noch zusammen.

Der kühle und sachliche Herbert blieb einsilbig. Er hatte seinen Studienfreund Konrad immer auf eine gewisse Weise bewundert und bedauert. Die Mischung aus gelöster Leichtigkeit und offenbar schwermütiger Düsternis, die Konrad in sich verkörperte und wohl letztlich in den Untergang getrieben hatte, war ihm immer gleichermaßen anziehend und befremdlich erschienen.

Es war auch für Herbert eher ungewohnt – aber er dachte mit einer gewissen Wehmut an ihre erste Begegnung in der Mensa zurück. Da waren sie beide noch voller Hoffnungen und vor allem Energie gewesen. Jetzt dagegen, das musste man wohl so sehen, waren sie beide aus verschiedenen Gründen gescheitert.

Besuchen Sie uns im Internet:

www.karin-fischer-verlag.de

www.deutscher-lyrik-verlag.de

Bibliografische Information
der Deutschen Nationalbibliothek
Die Deutsche Nationalbibliothek verzeichnet
diese Publikation in der Deutschen Nationalbibliografie;
detaillierte bibliografische Daten sind im Internet über
http://dnb.d-nb.de abrufbar.

Bibliographic information published
by the Deutsche Nationalbibliothek
The Deutsche Nationalbibliothek lists
this publication in the Deutsche Nationalbibliografie;
detailed bibliographic data is available in the Internet at
http://dnb.d-nb.de.

Originalausgabe · Erste Auflage 2009

Postfach 102132 · D-52021 Aachen

Gesamtgestaltung: yen-ka

Hergestellt in Deutschland

ISBN 978-3-89514-798-2